TABLETTES DE RENOMMÉE DES MUSICIENS.

AF476489

TABLETTES DE RENOMMÉE DES MUSICIENS,

AUTEURS, COMPOSITEURS, VIRTUOSES, AMATEURS ET MAITRES DE MUSIQUE VOCALE ET INSTRUMENTALE, LES PLUS CONNUS EN CHAQUE GENRE.

Avec une Notice des Ouvrages ou autres motifs qui les ont rendus recommandables.

POUR SERVIR

A L'ALMANACH-DAUPHIN.

BIBLIOTHÈQUE NATIONALE
FONDS LE SENNE N° 756
IMPRIMÉS

A PARIS,

Chez CAILLEAU, Libraire, rue Galande.
Veuve DUCHESNE, rue Saint-Jacques.
ROYER, Quai des Augustins.
HARDOUIN, au Palais royal.
BAILLI, Rue S. Honoré, Barriere des Sergens.
ET au Bureau d'Indications générales, &c. rue S. Honoré, à côté de l'Hôtel des Américains, où l'on reçoit les Abonnemens, Observations & Avis relatifs à cet Ouvrage.

M. DCC. LXXXV.

Avec Approbation & Privilége du Roi.

MUSIQUE.

La Musique est une harmonie qui naît des sons de la voix ou des instrumens, dont le but est de délasser agréablement l'esprit.

Les principes de cette science ont été développés par la France & l'Italie exclusivement.

Lambert fut le premier en France qui ait saisi les tours du chant & les expressions qui constituent en partie notre Musique vocale.

Lully doit être considéré comme le créateur de la Musique instrumentale. C'est lui qui dans les airs de violons a fait chanter toutes les parties avec un agrément presque égal. La basse & les autres instrumens n'étoient regardés avant que comme de simples accompagnemens. Il fit encore d'autres innovations telles que l'usage avantageux des dissonances, & donna à ce nouveau genre une consistance qu'il n'avoit pas encore eu.

Enfin, il découvrit la mine; mais il n'en tira pas ce qu'elle renfermoit de plus précieux.

Dans cet art sublime succéderent à Lully deux de ses fils & le célebre *Colasse*. C'est ce dernier qui mit en musique le beau Poëme de *Thétis & Pelée*, qui a été refait depuis par M. *de la Borde*, amateur plein de goût & de talens.

D'autres Emules parurent, tels que *Destouches*, *Campra*, *Quinault*, *la Bruere*, & le célebre *Rameau*, qui, guidé par son genre, prit alors un essor jusqu'alors ignoré, en faisant prendre à la Musique une marche & un caractere nouveau.

Il est sublime dans *Zoroastre*, *Castor & Pollux*, *Hypolite & Dardanus* : simple, piquant & délicat dans les *Sauvages* ; il a su descendre à la bergere dans les *Indes galantes*, & se rendre comique & pittoresque dans *Plattée*. Enfin, il a sçu dans tous les genres réunir tous les suffrages.

Auteurs, Compositeurs et Maîtres de Musique vocale et instrumentale.

Quelques-uns des plus connus sont :

M M.

Alexandre, Auteur de la Musique de *Georget & Georgette*. Le *Petit Maître en Province*. *L'Esprit du jour* ; & de plusieurs œuvres de Symphonies, Quatuor, airs variés, &c. *Rue de Viarmes*, n°. 18.

Anfossi, célebre Compositeur, a fait la Musique de

l'Inconnue persécutée, & plusieurs Recueils d'Arriettes périodiques & petits airs variés, *à Naples*.

BAMBINI. Les *Amans de village*, Comédie. *Nicaise*, Opera-Comique. *Suzanne* (Oratorio), exécuté avec succès au Concert Spirituel, & plusieurs œuvres de Symphonies à grand orchestre, Trio, Sonnates, & autres pieces détachées pour le clavecin.

BARTHELEMON. *Le Fleuve de Scamandre*, & plusieurs œuvres de Trio, Sonnates & Concerto, *à Londres*.

BAUDRON. *Le Roi de Cocagne. Pigmalion*, & autres Ouvrages qui ont eu du succès. *Rue Guénégaud*.

BAUMESNIL, Pensionné de l'Académie royale de Musique, a fait *l'Acte de Thibule* & plusieurs airs de Société.

BENDA. *Arianne abandonnée*, Mélodrame, dans lequel l'Artiste a trouvé l'art de peindre en musique les grands effets des affections de l'ame, & plusieurs airs de Sonnates & Concerto pour le clavecin.

BIANCHI. *La Réduction de Paris. Le Mort marié*; & plusieurs pieces de clavecin.

BOYER, les *Etrennes de l'Amour*, & plusieurs Œuvres de Guitare, avec l'Eloge de cet Instrument.

BURY (de), Surintendant de la Musique du Roi. L'Acte de *Titon & l'Aurore*, dans les Fragments. Les *Caracteres de la Folie. Jupiter, vainqueur des Titans*, en société avec M. Colin de Blamont. L'Acte d'*Hilas & Zélis*. Et autres Ouvrages agréables.

CAMBINI, Compositeur du Concert Spirituel, est Auteur de la Musique des *Romans de la Rose d'Amour*, & des Oratorio *Samson & le Sacrifice d'Abraham*, & de plusieurs Œuvres de Symphonies concertantes, à grand Orchestre. Quintelli. Quatuor. Trio. Sonates & Concerto, & qui tous ont eu un succès prodigieux, dans un genre sçavant & gracieux.

CANDEILLE. *Laure & Pétrarque*, Pastorale, & plusieurs Motets à grand chœur. *Grande Rue du Fauxbourg S. Martin*.

CANEHTE. *Hercule mourant & Polixène*, Tragédie en cinq actes. *Le Prix de la Valeur. La Coquette trompée*, & *le Retour du Printemps*, Ballet en un acte. *Sémiramis*, & *la Mort d'Orphée*, Tragédies en cinq actes. L'Opéra de *Linus*. Les changements de l'Opéra de *Callirhoé*, & des *Fêtes Grecques & Romaines*, &c.

CARDONNE, Maître de la Musique du Roi. Les *Amours d'Ovide & Julie. Omphale*. Et plusieurs Recueils d'Airs variés pour le Violon, la Harpe & la Guitare. *A Versailles*.

CHABANON (de), Amateur, excellent Violon, est Auteur de la musique d'*Alexis & Daphnée*, & de plusieurs pieces de Clavecin. *Rue Saint-Marc*.

MUSIQUE.

CHAMPEIN. *Mina* ou *l'Heureuse Epreuve*. Le *Baiser*. Les Ariettes du *Poëte supposé*, celles d'*Isabelle & Fernand*, & *la Musicomanie*, &c.

Tous les Ouvrages de ce Compositeur sont d'un style agréable facile & varié. Ce dernier sur-tout, généralement applaudi, a été trouvé plein de richesse dans les idées, de vérité dans les motifs, de grace dans la diction musicale, & de tournure facile & agréable dans le chant.

CHARTRAIN, Compositeur agréable. Le *Lord supposé*. Une *Ode de J. B. Rousseau*, exécutée avec succès au Concert Spirituel, & plusieurs Œuvres de Symphonies concertantes. Quat. Trio. Duo. Sonates & Concerto, à grand Orchestre. *Rue de Bussy*.

CIFOLELLI. *L'Indienne*. *Perrin* & *Lucette*.

CORETTE. A l'Opéra-Comique : les *Ages*. Le *Jugement de Midas*. *Nina*, Pantomime Italienne. *Arlequin Persée*. *Armide*, Pantomime à machines. *Arlequin Boulanger*, Pantomime à Vaudeville. *Diane & Endymion*, Ballet Pantomime. Les *Tricotés*. *Mamie Margot*. La *Béquille du Pere Barnabas*. La *Touriere*. La *Fête infernale*, &c.

DALAIRAC (le Chevalier), Amateur, Garde de Monseigneur le Comte d'Artois. *L'Eclipse totale*. *Les deux Tuteurs*. *Le Corsaire*, & plusieurs Quatuor pour la Guitare. Trio pour la Flûte. Duo. Sonates, &c.

DAVEAUX, Amateur. Charmant Compositeur, a fait plusieurs Symphonies à grand Orchestre, & beaucoup de Symphonies concertantes, dont la plupart excutées au Concert Spirituel, ont été applaudies avec transport. *Hôtel Soubise*.

D'AUVERGNE, Surintendant de la Musique du Roi, & ancien Directeur Général de l'Académie Royale de Musique. *Les Amours de Tempé*. *Alphée & Arhétuse*. *Le Rival favorable*. *Les Fêtes d'Euterpe*. *La Vénitienne*. *Les Troqueurs*. *Enée & Lavinie*. *Canente*. *Hercule mourant & Polixène*. *Le prix de la Valeur*. *La Coquette trompée*. *Le Retour du Printemps*. *La Tour enchantée*. *Sémiramis*. *La Mort d'Orphée*. *Linus*, & l'Acte de *Tibulle* dans les Fêtes Grecques & Romaines, &c.

DEMEREAUX, Compositeur du Concert Spirituel. *Laurette*. *Le Duel Comique*, Opéra Bouffon, imité de Paesiello. *Le Retour de la Tendresse*. *La Ressource Comique*. *Alexandre aux Indes*, Tragédie Lyrique. Le superbe *Oratorio de Samson*. Et plusieurs Motets. *Rue de Carême-prenant*.

Qui ont été exécutés au Concert Spirituel avec un égal succès, soit par les nouveautés piquantes qu'on y découvre, ou par les talens supérieurs qu'on y admire.

MUSIQUE.

DEZEDE, agréable & savant Compositeur, est Auteur de la Musique de *Julie. L'Erreur d'un moment. Le Stratagême découvert. Les Trois Fermiers. Le Langage des Fleurs* ou *Fatmé, Zulime. Le Porteur de chaise. A Trompeur, Trompeur & demi. Cécile. Blaise* & *Babet*, ou la Suite des Trois Fermiers. *Péronne sauvée*, grand Opéra. *Rue de Tournon.*

DEZEDE (Mademoiselle). *Lucette* & *Lucas*, Paroles de M. Forgeot.

DÉSAUGIERS, savant Compositeur, a fait à l'Opéra la Musique d'*Erixène.* Aux Italiens, le *Petit Œdipe* ou *Colin Maillard. Florine. Les deux Sylphes*, & les Couplets des *deux Jumeaux de Bergame*, &c. *Rue des Ménestriers.*

DESEROSSES, Maître de goût du Chant, a fait aux Italiens la Musique des *Sœurs Rivales. Le bon Seigneur. Les deux Cousines*, &c.

DÉSORMERY, Taille, attaché au Concert Spirituel, & Maître de Vocale, a fait la Musique de *Myrtil* & *Lycoris. Le Triomphe de l'Harmonie. Euthime* & *Lyris.*

DUGUET (l'Abbé), ordinaire de la Musique du Roi, & Maître de Musique de la Cathédrale, est Auteur en société de *Jupiter* & *Europe*, & de plusieurs superbes Motets.

EDELMANN. L'acte d'*Arcane* dans l'isle de Naxos, & l'acte *du Feu*, avec plusieurs œuvres de trio, sonates & pieces détachées pour le clavecin. *Rue du Temple.*

FELIX. Les duo de *Colinette à la Cour*, & plusieurs airs variés pour la guitare.

FLOQUET, Compositeur du Concert Spirituel, & de l'Académie Royale de Musique. L'*Union de l'Amour & des Arts. Azolan. Hellé. Le Seigneur bienfaisant*, paroles de M. Rochon de Chabanes. *La nouvelle Omphale*, & le superbe *Te Deum* exécuté dans l'Eglise des Peres de l'Oratoire, pour la naissance de Monseigneur le Dauphin.

On regarde ce morceau de Musique comme un chef d'œuvre de l'art, dans lequel l'Auteur s'est rendu supérieur à lui-même. *Rue Montmartre.*

FOURNIER. Aux Italiens, *les deux Aveugles de Bagdat.*

FRAMERY, Surintendant de la Musique de Monseigneur le Comte d'Artois, est Auteur des paroles & Editeur de la Musique de la *Colonie* & de l'*Olimpiade* du célebre Sacchini, & de l'*Infante Zamora*, & la *Frescatana* du célebre Pæsiello. *Vis-à-vis la rue Chabanoy.*

FRANCŒUR, Maître de la Musique de la Chambre du Roi, & de l'Académie Royale, Chevalier de l'Ordre de Saint-Michel. *Pyrame & Thisbé. Zelindor. Les Augustales. Tircis & Zélie. Le Balet de la Paix. Scanderberg. Le Génie Tutélaire. La Félicité. Le Prince de Noisy*, & autres ouvrages très-estimés. *Rue neuve Saint-Eustache.*

MUSIQUE.

FRANCŒUR neveu. *Lindor & Ismene.*

FRIZIERY, aveugle de naissance, a fait la Musique des *deux Miliciens*, Opera-Comique. *Les Souliers Mordorés*, idem. Indépendamment de ses talens pour la composition, il joue encore supérieurement du violon, de la mandoline & de différens autres instrumens. *Rue de Vaugirard.*

GAVINIÉS a fait la Musique du *Prétendu. Rue Saint-Thomas du Louvre.*

GELIOTE, pensionné de l'Académie Royale de Musique, une des plus superbes Haute-Conte qui ait jamais été entendue sur la scene lyrique, est Auteur de la Musique de *Zelisca.*

GIBERT. La *Sybille.* Le *Carnaval d'été.* La *Fortune au village.* Quelques avis de *Soliman. Les trois Sultanes. Appelle & Campasque. Deucalion & Pyrrha.* Opéra non joué, & plusieurs Solfeges ou Leçons de Musique, avec accompagnement de basse chiffrée.

GLUCK (le Chevalier), à Vienne, un des plus célebres Compositeurs de l'Europe, est Auteur des Opéra d'*Iphigénie en Aulide. Orphée & Euridice. Cithere assiégée. Iphigenie en Tauride. Armide. Echo & Narcisse. L'Arbre enchanté*, & plusieurs Œuvres de Simphonies. Duo & Quatuor, &c.

On reconnoit dans tous les Ouvrages de ce Savant Compositeur, un style fier & rapide qui court à l'effet, le hâte & le saisit. Dans les situations pathétiques, ses accens sont vifs & animés; il émeut l'ame, il l'entraîne; ses cœurs sont bien conçus, & ses accompagnemens se rapportent toujours à ce qu'il veut peindre. Aussi est-il regardé à juste titre, par les Virtuoses, comme un des plus vastes génies qui ait jamais paru en cette Capitale sur la scene lyrique.

GOBLAIN. La Musique de la *Fête de Saint-Cloud.* La suite des *Chasseurs.* L'*Amante invisible.* Place S. Michel.

GOSSEC, ancien Directeur de l'Opéra, Administrateur du Conservatoire, ou nouvelle Ecole de Musique, & Compositeur du Concert Spirituel, est Auteur de la Musique des Opéra de *Philémone & Baucis. Hilas & Silvie.* Les *Pêcheurs.* Le *faux Lord Sabinus. Alexis & Daphnée. Toinon & Toinette.* Le *double Déguisement.* La *Fête de Village. Thésée*, Tragédie en quatre actes, qui est regardé à juste titre comme un chef-d'œuvre de l'art, & plusieurs Œuvres de Simphonie concertantes & à grand Orchestre. Quatuor. Sonates & Motets à grand chœur. *Rue Fontaine aux Rois.*

Personne n'a plus étudié, n'a mieux saisi l'effet des instrumens; & l'on peut ajouter, n'a plus justement mérité l'hommage que le Public croit devoir rendre à l'heureux accord de ses talens sublimes, de ses qualités morales.

GRENIER. L'acte de *Thronis*, en société. *Hôtel de Villeroy.*

GRESSET. L'*Agréable ſouvenir*. Romance & pluſieurs Duo.

GRÉTRY, un des plus habiles & des plus célebres Compoſiteurs de l'Europe, eſt Auteur de la Muſique d'*Andromaque*, Tragédie lyrique. *Lucile*. Le *Huron*. Le *Tableau parlant*. *Silvain*. Les *deux Avares*. *Zémir* & *Azor*. L'*Ami de la Maiſon*. L'*Amitié à l'épreuve*. Le *Magnifique*. La *Roſiere*, parole de M. de Pezai. *Cephale* & *Procris*. La *Fauſſe Magie*. Les *Mariages des Samnites*. *Iſabelle* & *Gertrude*. Les *trois Ages de notre Muſique*. *Matroco*. Le *Jugement de Mydas*. L'*Amant Jaloux*. *Aucaſſin* & *Nicolette*. Les *Evénemens imprévus*. *L'Epreuve villageoiſe*. *La Caravanne*. *Richard, cœur de lion*, Opéra Comiques, &c. *Rue Poiſſonniere*.

Ce Savant Compoſiteur poſſede ſi bien l'art de plier ſon génie à tous les différens genres de Muſique qu'il a adoptés, en prendre les formes, & pour ainſi dire le coſtume, qu'aucun Muſicien n'a rendu avec plus d'intelligence la Proſodie Françoiſe, & n'a mieux fait ſentir l'énergie des paſſions & le pathétique du ſentiment.

HAYDEN, un des plus célebres & des plus agréables Compoſiteurs pour le Concert Spirituel, a fait pluſieurs Œuvres de Simphonie concertantes à grand Orcheſtre. Quatuor. Trio, & pieces détachées pour le clavecin. *A Vienne*.

Les Ouvrages de ce Virtuoſe, toujours gracieux & toujours variés, annoncent un génie inépuiſable, aucun ne ſe reſſemble, chacun a ſon caractere diſtinctif & ſemble s'identifier avec l'orcheſtre ; mais rien n'eſt comparable au ſuperbe *Stabat Mater* qu'il a fait exécuter au Concert Spirituel, & dont la réuſſite la plus éclatante & le ſuccès le plus déterminé l'ont fait juger digne d'être mis en paralelle avec celui du Pergoleze, qui, juſqu'alors, avoit été regardé comme un chef-d'œuvre inimitable.

JOUBERT (Organiſte de la Cathédrale de Nantes). La *Ruine de Jéruſalem*, ou le *Triomphe du Chriſtianiſme*, oratorio François. *La Force de l'habitude*, Opéra Bouffon.

ISO. *Phaetuſe* & *Zémire*.

KOHAULT. Le *Serrurier*. La *Bergere des Alpes*. *Sophie*, ou le *Mariage caché*. La *Roſiere*.

LABORDE (de), Gouverneur du Louvre, Amateur & célebre Compoſiteur, eſt Auteur d'*Anette* & *Lubin*, paroles de M. Marmontel. *Iſmene* & *Iſmenias*. *Alix* & *Alexis*, paroles de Poinſinet. Le *Dormeur éveillé*. *Thétis* & *Pelée*. *Zenis* & *Almazis*. *Amphion*. La *Cinquantaine*. *Amadis*. *Adèle de Ponthieu*, en ſociété avec feu M. Leberton. L'*Anneau perdu* & *retrouvé*. La *Meûniere de Gentilly*. Les *Amours de Goneſſe*. *Gilles Garçon Peintre*. Les *Bons Amis*. Le *Chat perdu*. Le *Revenant*. La *Mandragore*. Le *Coup de fuſil*. La *Chercheuſe d'eſprit*. *Fanny*. *Candide*. Le *Roſſignol*.

Colette & Mathurin. Le *Billet de mariage*. *Jeannot & Colin*. Le *Projet*. Le *Privilege du Roi*, & autres Ouvrages dans lesquels on découvre toujours une Musique savante, ingénieuse & piquante. *Au Carousel*.

LAGARDE (de), Maître de Musique de la Chambre du Roi. L'*Acte d'Eglé*, paroles de M. de Laujon, La *Journée galante*, & plusieurs superbes Duo.

LARUETTE, pensionné de la Comédie Italienne, dont il a fait long-tems les délices, est Auteur de la Musique de l'*Ivrogne corrigé*. Le *Docteur Sangrado*. Le *Médecin de l'Amour*. Les *deux Comperes*. Le *Guy de chêne*. L'*Heureux Déguisement*, *&c*.

LASALLE (le Marquis de), Amateur. L'*Amant corsaire*.

LEERMANN. Le *Songe de Voltaire*, avec accompagnement de Harpe, & plusieurs Quatuor.

LEGAT DE FURCY, Maître de Vocale. La *Bergere rusée*. Une Méthode pour la Voix. Deux Solfèges, & plusieurs Recueils d'airs, avec accompagnemens. *Rue des Vieux Augustins*.

LEJAI. Les *Après-Soupé joyeux*, ou Recueil d'airs variés pour la guitare.

LEMOINE. *Electre*, à l'Opéra, paroles de M. Guilliard.

LENDORF. Plusieurs morceaux de Musique d'Eglise, avec accompagnemens d'Orgues & violons, & Quatuor pour le Clavecin.

LEPREUX (l'Abbé), digne Eleve & successeur de l'Abbé d'Audimont, & Maître de Musique de la Sainte-Chapelle, est Auteur de plusieurs *Te Deum* qui ont eu le plus grand succès, & a fait exécuter au Concert Spirituel un Motet & une Scène Sacrée, qui ont ajouté beaucoup à la haute réputation qu'il s'est si justement méritée.

LISMORE (Milord DE), Amateur. Le *Maître d'Ecole*.

LOUIS (Madame). *Fleur d'Epine*.

MAISNIEZ (dit L'HUILLIER), Acteur de Province, a fait les *Vendangeurs*. *Le bon Pere*. *Le double Bienfait*. Et autres Pieces de Musique exécutées avec succès au Concert de Nantes.

MARTINI. Le *Fermier cru sourd*. *Henri IV*. *L'Amoureux de quinze ans*. Et plusieurs Œuvres de Divertissemens militaires pour la Clarinette, le Cor-de-chasse & Basson. *Rue du Sentier*.

MAYER, a fait la Musique d'*Amete & Zulmis*. L'Acte d'*Apollon & Daphnée*, Paroles de M. Pitro, & plusieurs Œuvres de Symphonies pour le Clavecin. Une Méthode & plusieurs Quatuor pour la Harpe; des Airs détachés, avec Accompagnement de Harpe & des Airs variés pour la Flûte.

MUSIQUE.

MONSIGNY, Maître d'Hôtel de S. A. S. Monſeigneur le Duc d'Orléans, Amateur & célebre Compoſiteur. Les *Aveux indiſcrets*. *Le Maître en Droit*. *L'Iſle Sonante*. *Le Faucon*. *Le Rendez-vous bien employé*. *Aline* ou *la Reine de Golconde*. *Félix* ou *l'Enfant trouvé*. *Le Roi & le Fermier*. *Le Déſerteur*. *Le Cadi dupé*. *Roſe & Colas*. *On ne s'aviſe jamais de tout*. *La belle Arſenne*,

Et autres Ouvrages qui ne font pas moins d'honneur au génie qu'au tact ſûr & délicat, & au goût exquis qui regne dans toutes ſes productions. Perſonne ne place plus à propos un air naïf & léger, tendre ou voluptueux, & ne ſait mieux l'identifier, pour ainſi dire, au ſujet qu'il veut peindre.

MOULINGHEN. Les *Nymphes de Vénus*, avec Accompagnement, & pluſieurs Œuvres de Symphonies & Quatuor.

MOULINGHEN (Cadet). Les *deux Contrats*. *Le Mari Sylphe*. *Horiphème*. *Le Vieillard amoureux*. *Les Ruſes de l'Amour*. *Les Amans Rivaux*. *Les Talens à la mode*. *Le Mariage malheureux*. Et *Sylvain*, en ſociété avec MM. *Legrand* & *Daveſne*.

NESCIA (le Chevalier), Amateur. La *Surpriſe de l'Amour*. *Les Invalides de l'Amour*. Pluſieurs Quatuor, &c.

PAESIELLO, célébre Compoſiteur, eſt Auteur de l'Opéra bouffon l'*Infantè Zamora*. *La Freſcatana*. Et de pluſieurs autres Opéra Italiens bouffons qui ont eu le plus grand ſuccès en Italie.

PAPAVOINE. *Barbacole*, ou le *Manuſcrit volé*. Et la Muſique de pluſieurs Patomimes à l'Ambigu-Comique.

PERSUIS (LOISEAU DE) Maître de Muſique de la Cathédrale de Metz, a fait exécuter au Concert Spirituel pluſieurs Motets de ſa compoſition qui ont eu le plus heureux ſuccès, notamment celui du *Paſſage de la Mer Rouge*.

PHILIDOR, un des plus habiles & des plus célébres Compoſiteurs, eſt Auteur des Opéra d'*Ernelinde*. *Perſée*. *Zémire & Mélide*. Le *Bucheron*. Le *Sorcier*. Le *Quiproquo*. *Sancho Pança*. Les *Fêtes de la Paix*. *Tomes-Jones*. *Blaiſe le Savetier*. *L'Huître & les Plaideurs*. Le *Jardinier de Sidon*. Le *Jardinier ſuppoſé*. Le *Jardinier & ſon Seigneur*. Le *Maréchal*. La *Nouvelle Ecole des Femmes*. Le *Bon Fils*. Le *Soldat Magicien*. Les *Femmes vengées*. Et le *Poëme Séculaire* d'Horace, donné conſécutivement pendant cinq jours de ſuite, avec le même ſuccès, au Concert Spirituel.

Cet illuſtre Virtuoſe joint à un ſtyle élevé, quoique naïf, un ſtyle chaud & fécond, que le goût dirige toujours d'une maniere neuve & agréable qui le met de niveau avec ce que l'Allemagne & l'Italie ont fourni de plus précieux en chaque genre. *Rue de la Michodiere*.

PICCINI,

MUSIQUE.

Piccini, un des plus célébres & des plus habiles Compositeurs de l'Europe, est Auteur des Opéra de *Roland*. *Atys*. La *Bonne Fille*. *Iphigénie en Tauride*, Paroles de M. Dubreüil. *Adèle de Ponthieu*, Paroles de M. le Marquis de Saint-Marc. *Diane & Endymion*. *Le Faux Lord*. *Didon*. Et le *Dormeur éveillé*. Place Vendôme.

La Musique de ce Savant Compositeur est toujours pure & agréable; son chant facile & bien modulé, ses accompagnemens variés avec art & heureusement contrastés, réunissant le double mérite de joindre à l'expression la plus pathétique & la plus vraie, l'observation la plus exacte des regles de l'art.

Auteur d'un nombre infini d'Ouvrages précieux, ils sont tous variés de maniere à ne pouvoir juger que ce soit le même génie qui les ait produits. Savant dans la partie instrumentale, doux & profond dans la mélodie, il ne le cede en rien aux plus vastes génies ni aux plus parfaits Compositeurs.

Pouteau, Organiste de Saint Jacques-de-la-Boucherie. La Musique d'*Alain & Rosette*, à l'Opéra. Et plusieurs Recueils d'Airs pour le Clavecin.

Prati, Maître de Vocale pour le goût Italien, a fait l'*Ecole de la Jeunesse*. Et pulsieurs Sonates pour le Clavecin, Cimbales & Cor-de-chasse. Quatuor pour la Flûte, & Recueils d'Airs en Rondeaux.

Prot, Quinte à la Comédie Françoise, est Auteur de la Musique du *Bal Bourgeois*. Le *Printemps*. Les *Rêveries*, Parodie d'*Iphigénie en Tauride*. Et plusieurs Sonates pour l'Alto. *Rue des Boucheries-S.-Germain*.

Prudent, Maître de Violon, a fait la Musique des *Jardiniers*.

Renaud, ci-devant Maître de Musique de la Chambre de Sa Majesté Impériale de Russie, est Auteur de la Musique du *Clavier*, Opéra-Comique. Le *Mauvais Ménage*, &c.

Rey, Maître de Musique de la Chambre du Roi, & de l'Orchestre à l'Opéra, est Auteur de la Musique d'*Apollon & Coronis*. Rue de Bourbon-ville-neuve.

Rigad. *Zelie & Lindor*.

Rigel, célébre Compositeur du Concert Spirituel. *Blanche & Vermeil*. *Rosanie*. Le *Savetier* & le *Financier*. L'*Automate*, & plusieurs Œuvres de Symphonies & Quatuor. *Rue Neuve-S.-Roch*.

Ses deux Oratorio, *la Sortie d'Egypte & la Destruction de Jérico*, remplis de motifs ingénieux, de contrastes & d'oppositions piquantes, décelent un Artiste dont l'esprit, enrichi par l'étude de son art, s'anime & s'échauffe au gré du sujet qu'il traite. Son style, dans chacun de ses Ouvrages, est pur, sa facture est savante, sa composition pleine d'idées, ses accompagnemens bien entendus, sa mélodie facile & gracieuse, & toutes ses productions variées & pittoresques.

Rochefort, Maître de Composition de l'Académie Royale de Musique, & Maître de la Chapelle de S. A. S. M. le Landgrave régnant de Hesse-Cassel. *Arianne*. La *nouvelle Isle des Foux*. *L'Esprit de Contradiction*. *La Force du sang*. La *Cassette*, &c. A l'Opéra, l'*Inconnue persécutée*. En société avec M. *Fossi*, *Daphnis & Florus*, Pastorale. Aux grands Danseurs de Corde l'*Enlévement d'Europe*. Aux Eléves de l'Opéra, la *Jérusalem délivrée*. La *Pantoufle*. *Adélaïde*. Ballet dans la Prise de la Grenade. L'*Anti-Pigmalion*, Comédie. A l'Ambigu-Comique, *Dorothée*. A la Cour d'Hesse-Cassel, la *Pompe funebre de Crispin*, Comédie. *Pirame & Tisbé*, Mélo-Drame, &c.

Rodolphe, Maître de Composition du Conservatoire, & premier Cor-de-Chasse de la Musique du Roi, a fait l'Acte d'*Ismenor*, à l'Opéra. Et l'*Aveugle de Palmire*, aux Italiens. *Cul-de-sac de la Fosse aux chiens*.

Roussier (l'Abbé), Amateur & savant Compositeur, est connu par plusieurs Symphonies & superbes Motets.

Sa Dissertation sur la Musique des anciens, & son Traité des accords & de leurs successions, selon le systême de la base fondamentale, pour servir de principes d'harmonie à ceux qui étudient la composition ou l'accompagnement de clavecin, suffisent pour justifier de la sublimité & de la profondeur de ses connoissances.

Sacchini, un des plus célébres Compositeurs de l'Europe, est Auteur de la délicieuse Musique de *la Colonie*. *L'Olympiade*. *Renaud*. *Chimène*. *Dardanus*. *Callirhoé*. *Le Cid*. *Montesuma*. *Persée*. *L'Avare*. *L'Amour Soldat*. Et de nombre d'autres Ouvrages également précieux en ce genre. *Rue Basse, Porte S. Denis.*

C'est d'après plus de vingt années d'un succès non interrompu, tant en Italie qu'en Allemagne & en Angleterre, que la France vient de fixer en cette Capitale cet Artiste inimitable, qui ne cesse de justifier par de nouveaux chef-d'œuvres la haute idée que ses premiers essais avoient donnés de la supériorité de son génie.

Saint-Amand, Maître de Musique du Conservatoire, a fait la Musique d'*Alvarez Mencia*. Le *Poirier*. Le *Médecin d'Amour*. La *Coquette de Village*, &c.

Saint-Georges, Amateur, Ecuyer, & Directeur de la Musique de Mde la Comtesse de Montesson, excellent Violon & Compositeur agréable, est Auteur, aux Italiens, de la Musique d'*Ernestine*. *La Chasse*, Opéra-Comique, & de plusieurs Symphonies, Quatuor, Sonates & Concerto.

Ce célèbre Virtuose est d'autant plus étonnant, qu'il réunit presque tous les talens & les exercices de corps au même dégré de perfection. Il joue supérieurement du violon, danse avec grâces, monte à cheval avec légereté, chasse avec adresse, & s'est toujours mesuré avec avantage contre les plus habiles Maîtres d'armes de l'Europe. *Chaussée d'Antin.*

SAUVIGNY (le Chevalier de), Amateur, est Auteur de la Musique des *Après-Soupés de Société*, petit Théâtre Lyrique & morale, &c.

SODY, Symphoniste, pensionné de la Comédie Italienne, a fait la Musique des *Troqueurs dupés*, Opéra-Comique.

TARADE, pensionné de l'Académie Royale, a fait la *Reconconciliation Villageoise*; & plusieurs Sonates. Un Traité de Violon, & une Méthode de Principes pour la Clarinette.

VACHON, célébre Violon à Londres, a fait la Musique de *Renaud d'Ast*, avec M. Trial. Seul : les *Femme & le ecret. Hippomène & Atalante. Sara* ou *la Fermiere Ecossaise.* Une partie d'*Esope à Cithere.* Et plusieurs Œuvres de Sonates & Quatuor.

VOGLER (l'Abbé), Maître de Chapelle de l'Electeur Palatin, a fait exécuter un Motet au Concert Spirituel, qui a eu le plus grand succès.

Cet habile Compositeur est particulierement renommé par la facilité & la rapidité avec laquelle il enseigne la composition & l'accompagnement à ses éleves, par une méthode de son invention qui lui est particuliere.

VANMALDER. La *Bagarre*, & plusieurs Œuvres de Symphonies périodiques, Trio, Sonates, &c.

VITO (le Pere), célébre Compositeur, est Auteur d'un *Stabat Mater*, regardé par tous les Virtuoses comme un chef d'œuvre de composition qui a eu au Concert Spirituel le plus grand succès.

Ouvrages de quelques Auteurs décédés.

Amadis des Gaules, de BACH. La *Fausse délicatesse*, d'HINNER. Le *Compliment de Clôture* dans les Adieux de Thalie; l'*Aveugle par crédulité;* le *Sicilien* ou l'*Amour Peintre*, & les *Rivaux généreux*, de LE VASSEUR. *Traité d'Harmonie* & Dissertation sur les différentes Méthodes d'Accompagnement, avec une Méthode établie sur une Méchanique de doigts, à l'aide de laquelle on peut devenir savant Compositeur & habile Accompagnateur, par RAMEAU. *Silvie; Flore*, & *Regnaud d'Ast*, de TRIAL. Méthode de Musique Vocale, de LEMENU.

MUSIQUE.

COMPOSITEURS VIRTUOSES, AMATEURS ET MAÎTRES DE MUSIQUE VOCALE ET DE GOUT DU CHANT.

Quelques-uns des plus connus ſont :

MM.

ALBANEZE, ordinaire de la Muſique de la Chapelle du Roi, & Compoſiteur agréable, connu par le *Dialogue Comique*. La *Diſpute*. Le *Bonheur ſuprême*. La *Vieille Coquette*. L'*Echo*. Le *Billet d'invitation*. Le *Bouquet refuſé*. L'*Eſpérance*. L'*Amour content*. *Viens chere Maîtreſſe*. La *Pinte en plomb*. Le *Porteur d'eau*, & nombre d'autres jolis airs pour la voix, avec accompagnemens de Guitare. *A Verſailles*.

AMANTINI, ordinaire de la Muſique de la Reine. *A Verſailles*.

Arnold a fait des Œuvres de Sonates.

Aſplemayer, *idem*. Œuvres de Quatuor. Trio. Duo, &c.

Aſtraudi. Concerto & Airs variés.

Baillon, ancienne Taille à l'Opéra, & Maître de Vocale, eſt Editeur du Journal de Guitare, de Violon, Alto & Violoncel. *Rue des Petits Champs & Richelieu.*

Bailleul, Maître de Vocale, tient une collection complette d'Opéra comiques, avec les partitions, & ſe charge de conduire l'Orcheſtre & les Acteurs dans les Fêtes particulieres où il eſt mandé. *Cloître Saint-Méry.*

BAILLEUX eſt Editeur d'un Journal d'Ariettes Italiennes, a fait *le Bouquet de l'amitié. Le prix de la Beauté. Boré & Orithie. Le Triomphe de l'Amour. Le Duo du Piquet. Le Duo de la Toilette. Les petits Concerts de Paris.* Pluſieurs *Solféges;* & une Méthode pour apprendre facilement la Muſique Vocale & inſtrumentale qui lui a mérité l'approbation de l'Académie Royale des Sciences. *Rue S. Honoré.*

BARBICCI a fait des Quatuor.

BARBELLA. Pluſieurs Duo & Sonates. *Rue du Bout du Monde, au coin de la rue Montmartre, chez l'Horloger.*

Bazire, Haute-Contre à Notre-Dame.

Bauvalet, ci-devant à l'Opéra, Maître de Vocale & de Goût du Chant.

BORDIER a fait deux Méthodes de Vocale.

Bos, Baſſe-Taille à Notre-Dame.

Bouillerot, Haute-Contre à la Sainte-Chapelle.

Boulard, *Rue Saint-Honoré, près l'Hôtel d'Aligre.*

Bouvard, Taille à l'Opéra.

Bralle, Taille à la Sainte-Chapelle.

MUSIQUE.

Brielle, Haute-Contre de l'Eglise de Paris, Maître de Vocale, est doué d'une voix très-agréable & chante avec beaucoup de goût.

BROSSARD est Auteur d'un Dictionnaire de Musique.

CANABITZ est connu par plusieurs Œuvres de Simphonie périodiques & concertantes, à grand Orchestre. Sonates & Concerto, exécutés avec succès au Concert Spirituel.

Castelin, Simphoniste pensionné de la Comédie Italienne.

Cavaillés, Haute-Contre au Concert Spirituel & à l'Opéra.

CHARDINI, Basse-Taille à l'Opéra, double les premiers rôles, & a eu le succès le plus complet dans *Chimene*, en jouant le rôle du Roi. *Rue de Vantadour.*

CHÉRON, Basse-Taille à l'Opéra, double les premiers rôles. *Rue S. Nicaise.*

Chevrier, Taille à Saint-Germain l'Auxerrois.

CANDEILLE, Basse-Contre, pensionné de l'Académie Royale de Musique, *Compositeur*, a fait plusieurs Motets qui ont été exécutés au Concert Spirituel.

Cleret, pere & fils, Tailles à l'Opéra, & Maîtres de Vocale.

Cochois, Basse-Taille à l'Opéra.

D'AUDIMONT (l'Abbé), Maître de Vocale des Saints Innocens, est connu avantageusement par ses superbes Motets, est généralement estimé par ses qualités morales.

David, Maître de Vocale, a fait une Méthode en ce genre.

Delbois, Haute-Contre à l'Opéra.

Delberg, Haute-Contre à l'Opéra.

Delori, Taille à l'Opéra.

DENIS a fait une Méthode pour la Vocale.

Dezaides. Rue de Richelieu, près le Boulevard.

DORIOT (l'Abbé), ancien Maître de Musique de la Sainte-Chapelle, a joui de la plus grande célébrité.

Duchant, Haute-Contre à l'Opéra.

Duchesne, Haute-Contre à Notre-Dame.

DUFRENEY, Haute-Contre à l'Opéra, double les premiers rôles.

DUGUET (l'Abbé), Maître de Musique à Notre-Dame.

DUPONT a fait une Méthode pour la Musique vocale & plusieurs Airs variés.

DUPRÉ, Basse-Taille à la Sainte-Chapelle, a fait des Sonates.

Durand, Basse-Taille, pensionné de l'Académie Royal de Musique.

Fagnani, Taille à l'Opéra. *Rue Boucher.*

FERAY, Haute-Contre à Notre-Dame, & *Compositeur.*

FERRET, Maître de Vocale, pensionné de l'Académie Royale de Musique, & Compositeur.

Fraichon, Basse-Taille à la Sainte-Chapelle.

Froment, Taille à Notre-Dame.

Foignet, Maître de Vocale, & Comp. *Quai de la Féraille.*

FOY, Maître de Vocale, tient un cours public pour enseigner l'accompagnement, la composition & le contrepoint à ceux qui se destinent à occuper des places de Chantres d'Eglise.

Gardainville, Haute-Contre à la Sainte Chapelle.

Gazet, Fausset attaché au Concert Spirituel, & Musicien aux Saints Innocens, Maître de Vocale. *Rue aux Fers.*

Gelin, Basse-Taille, pensionné de l'Acad. Roy. de Musique.

Gibert, Maître de Composition & d'Accompagnemens. *A la Manufacture de Savonerie, près Chaillot.*

GIROUST, Surintendant de la Musique de la Chapelle du Roi, digne émule & successeur de l'Abbé de Gozargue. *A Versailles.*

Ce Virtuose est singulierement renommé pour la Musique d'Eglise. Ses talens, couronnés par les différens prix qu'il a remportés à l'Académie royale de Musique, nous dispensent de tout autre éloge à son égard.

Gontiés, Basse-Taille à Notre-Dame, Maître de Vocale, connu pour avoir chanté avec succès dans plusieurs Concerts. *A la Communauté, près le pont rouge.*

GOZARGUE (l'Abbé de), ancien Maître de Musique de la Chapelle du Roi, & Secrétaire du Cabinet de MONSIEUR. *A Versailles.*

Ce Virtuose est regardé comme un des plus savans Compositeurs du siecle pour les Motets.

Guichard, Taille à Notre-Dame, Compositeur ; il est très-connu par plusieurs Airs avec Accompagnemens de Harpe & de Guitare.

Hardouin, Taille à Notre-Dame.

Homel (l'Abbé), Maître de Musique de la Cathédrale, est connu avantageusement par plusieurs Motets de sa composition. *A Noyon.*

Huet, Haute-Contre, pensionné de l'Opéra.

Jouve, Haute-Contre à l'Opéra.

Jalaguet, Haute-Contre à l'Opéra.

Jaliot, Basse-Taille à l'Opéra.

Joinville, Taille à l'Opéra.

Itasse, Haute-Contre, pensionné de l'Opéra.

LAIS, Basse-Taille de l'Opéra & du Concert Spirituel. *Superbe voix.* Double les premiers rôles.

La Croix, Taille à la Sainte-Chapelle.

Larlac, Basse-Taille à l'Opéra.

LAINÉ, premiere Haute-Contre à l'Opéra, captive tous les suffrages par les graces & la noblesse de son jeu.

MUSIQUE.

Langlet, Maître de Vocale, attaché au Concert Spirituel, réunit, au mérite de la composition, la voix la plus agréable & le goût du chant le plus flatteur. *Rue de l'Université.*

LARRIVÉ, premiere Basse-Taille à l'Opéra.

Met dans son jeu tant d'intelligence, de noblesse, de force & de sentiment, que le Public, quoiqu'accoutumé à l'entendre, ne peut souvent s'empêcher de suspendre la scene par des transports d'applaudissemens. *Chaussée d'Antin.*

Larsonnier, Haute Contre à Notre-Dame.

LASALLE, Inspecteur & Secrétaire perpétuel, brévеté du Roi, de l'Académie Royale de Musique, &c.

LASUZE (de), premier Maître des Chœurs de l'Opéra pour les Rôles, & Maître de déclamation au Conservatoire.

Laver, Basse-Taille de la Sainte-Chapelle.

Laurens, Basse-Taille aux Saints-Innocens.

Lebault, Basse-Taille à Notre-Dame.

Lebreton, Haute-Contre aux Saints-Innocens.

Lecoq, Basse à Saint-Germain l'Auxerrois, Maître de Vocale.

Lecuyer, Basse-Contre, pensionné de l'Opéra, est Auteur d'une Méthode sur les principes de l'Art du Chant, suivant les regles de la Prosodie Françoise.

Legrand, Basse-Taille à l'Opéra, a fait des Sonates pour le Clavecin.

LEGROS, Pensionnaire du Roi & de l'Académie Royale de Musique, Entrepreneur & Directeur Général du Concert Spirituel.

Ce Virtuose, ci-devant premiere Haute-Contre à l'Opéra, réunit au mérite de la composition & aux qualités physiques du personnel, une des plus belles voix qui se soit jamais fait entendre sur la scene lyrique de cette Capitale.

Lepreux (l'Abbé), Maître de Musique à la Sainte-Chapelle.

Leroux (freres), Tailles à l'Opéra.

Levasseur, Taille à Notre Dame.

MARGHETTI, à chanté au Concert Spirituel, avec succès plusieurs morceaux d'Anfossi & de Sacchini.

Martin, Haute-Contre à l'Opéra, & digne Eléve de M. Parent.

Sa maniere de chanter toujours simple, mais prononcée avec un art fini & un goût enchanteur, fait concevoir à son égard les plus flatteuses espérances.

Martin, Basse-Taille à l'Opéra.

MEON, Taille à l'Opéra, & Maître de Chant des Chœurs.

Merlin, Haute-Contre à Notre-Dame.

Monteze (Camille), Maître de Vocale & Compositeur.

MOREAU, Basse-Taille à l'Opéra, joue les premiers rôles avec succès.

Moulin, Haute-Contre à l'Opéra.

Muguet, ancienne Haute-Contre, pensionné de l'Académie Royale de Musique.

MURGEON, Faucet, attaché à la Comédie Italienne, & chantant seul au Concert Spirituel.

NOBLEAUX, Basse-Taille à Saint-Germain-l'Auxerois. *superbe voix.*

PARENT, second Maître des Chœurs à l'Opéra, & chargé d'enseigner les Rôles.

Son goût, son intelligence, & les progrès rapides de ses Eleves, font l'éloge de ses talens & de son aptitude dans l'art d'enseigner le goût du chant.

PERÉ, Coriphée de l'Opéra, double les premiers Rôles.

PHILIPPE, à la Comédie Italienne.

Cet Acteur, doué d'une figure intéressante, semble avoir généralement captivé les suffrages du Public, par le timbre simple & moëlleux de sa voix, les grâces de son maintien & la sensibilité touchante avec laquelle il rend tous les morceaux de sentiment.

Posselier, Basse-Taille à la Sainte-Chapelle.

Poussés, Basse-Taille à l'Opéra.

Prati, rue *Saint-Honoré*, aux Feuillants; Maître de Composition & d'accompagnement.

Prestat, Haute-Contre à Saint-Germain-l'Auxerois, ancien Maître de Musique de Senlis.

Quentin, Haute-Contre à Notre-Dame.

Rameau, rue des *Menetriers*, Taille, attaché au Concert Spirituel, & Maître de Vocale.

Renaud, Basse-Taille à l'Opéra.

Rey, Basse-Taille de Chœur de l'Opéra; rue *Saint-Tomas-du-Louvre.*

RICHER, Maître de Musique & de goût du chant des Enfans de France.

Son organe brillant & flexible se prête à toutes les souplesses qu'exige la Musique Italienne pour la rendre avec tous ses charmes & ses agrémens.

ROCHARD, Maître de Musique Vocale, renommé pour le goût du chant Italien; attaché ci-devant à la Comédie Italienne, il en a fait les délices, par les charmes de la voix la plus agréable, & l'expression la plus touchante.

ROLLET, a fait une méthode en deux parties, pour apprendre en quatre-vingt leçons, la Musique, sans transposition, sur toutes les clefs, toutes les mesures & tous les tons usités dans la Musique.

ROVEDINI,

ROVEDINI, Baſſe-Taille, d'un beau timbre & d'une heureuſe flexibilité, a chanté avec ſuccès, au Concert Spirituel, un air Italien de Sacchini.

ROUSSEAU, une des plus belles Haute-Contre de l'Opéra, joue les premiers Rôles.

ROZE (l'Abbé), ancien Maître de Muſique des Saints-Innocens, eſt ſingulierement renommé pour le goût du Chant.

Sallo, Haute-Contre à Saint Germain l'Auxerrois.

SALOMON, a chanté au Concert Spirituel avec ſuccès, & fait pluſieurs Sonates.

SANES (le Baron de) Amateur, a fait pluſieurs œuvres de Symphonies & trio.

Sarti, a fait pluſieurs œuvres de Symphonies, airs variés & Opéras Italiens, dont on connoît pluſieurs airs.

Tacuſſet, Taille de l'Opéra, & Maître de Vocale.

Tartini, célébre violon, a fait pluſieurs œuvers de Sonates, pour cet Inſtrument, & une méthode pour la Muſique vocale.

Tirot, à Reims, ancienne Haute-Contre penſionné de l'Opéra.

Tiſſier, à l'Opéra, ſecond Maître de Muſique pour battre la meſure, a fait un recueil d'airs arrangés pour le Violon & la Harpe.

TOESCHY, célébre Compoſiteur, a fait pluſieurs œuvres de Symphonies.

Tous les Ouvrages de ce Virtuoſe préſentent, chacun en particulier, le plus charmant tableau. Ses ſujets, pleins de grâces & de nobleſſe, ſont ſoutenus & variés par une imagination brillante & un goût recherché; mais ce qui le diſtingue ſur-tout des autres Symphoniſtes, c'eſt l'art de faire dialoguer les inſtrumens & de les mettre tous en ſcene, ſans nuire à l'expreſſion de la mélodie.

Torey, Baſſe-Taille à la Sainte-Chapelle.

Torlez, a fait des Principes pour la voix, la Vielle & l'inſtruction des Serins.

Touvoy, Baſſe-Taille à l'Opéra.

Valon, Baſſe-Taille à l'Opéra.

Varlet, Baſſe-Taille à Notre Dame, enſeigne la Vocale.

Vavaſſeur, Baſſe-Taille à la Sainte-Chapelle.

Vernier, pere, Carrefour de Buſſy, répétiteur de Clavecin.

Vilmare.

BIBLIOTHÈQUE NATIONALE R.F. IMPRIMÉS

MUSIQUE.

CANTATRICES.

Quelques-unes des plus connues ſont :

Meſdemoiſelles.

AUDINOT (Mademoiſelle), Cantatrice eſtimable par la légereté de ſa voix, la facilité de ſon maintien & la fineſſe ingénieuſe de ſon jeu.

BURET (Mademoiſelle), Cantatrice à l'Opéra, réunit à un ſon de voix ſonore & brillant, un chant fléxible & léger, une prononciation nette & un goût exquis.

BURET (Mademoiſelle), Cantatrice de la Comédie Italienne, a chanté ſeule au Concert Spirituel, avec le plus grand ſuccès.

Châteauvieux (Mademoiſelle), à l'Opéra, double les premiers Rôles.

CIFOLELLI (Mademoiſelle), Actrice du Théâtre Italien, réunit à une voix très-étendue, une figure agréable & une taille ſvelte & élégante.

Dozon (Mademoiſelle), Cantatrice à l'Opéra, double les premiers Rôles.

DUPLANT (Mademoiſelle), célébre Cantatrice, penſionnée de l'Académie Royale de Muſique.

A rendu tous les rôles majeſtueux ou à baguette dont elle étoit chargée, avec ce dégré d'expreſſion & de ſenſibilité qu'exige la Muſique imitative & théâtrale.

Gavaudan (Mademoiſelle), Cantatrice à l'Opéra, double les premiers Rôles.

Girardin (Mademoiſelle), Cantatrice à l'Opéra.

Joinville (Mademoiſelle), Cantatrice à l'Opéra, double les premiers Rôles.

Lacaille (Mademoiſelle), à l'Opéra, joint à une connoiſſance réfléchie de la ſcene, une voix très-exercée, très-ſouple & très-agréable.

LEBRUN (Madame), ci-devant connue ſous le nom de Mademoiſelle *Dantzi.*

Cette célebre Cantatrice, une des plus parfaite qui ſe ſoit jamais fair entendre au Concert Spirituel, a oſé y défier un haut-bois dans un Concerto dialogué.

Sa voix, non moins rapide que l'inſtrument, auſſi juſte dans ſes intonnations, auſſi hardie dans ſes écarts, s'eſt élancée à la même hauteur, & y a battu la même cadence. Cet effort ſurnaturel de la voix lui a mérité du Public les applaudiſſemens les plus vifs & les plus bruyans.

MUSIQUE.

Lonjeau (Mademoiſelle), ci-devant à l'Académie Royale de Muſique, & maintenant premiere Cantatrice à l'Opéra de Bordeaux.

LEVASSEUR (Mademoiſelle), premiere Cantatrice à l'Opéra.

MARA (Madame).

Premiere Cantatrice de l'Opéra de Berlin, & ſans contredit une des plus belles voix de l'Europe, a chanté au Concert Spirituel pluſieurs grands airs Italiens, dans leſquels elle a développé toute l'étendue, la légéreté & les nuances de la voix la plus agréable, la plus mélodieuſe & la plus parfaite qui ait jamais été entendue au Concert Spirituel.

MELIANCOURT (Mademoiſelle).

Jeune Virtuoſe à la Comédie Italienne; a chanté avec un très-grand ſuccès au Concert Spirituel, & vient de captiver tous les ſuffrages dans le rôle de la Servante Maîtreſſe, par la légereté de ſa voix & la fineſſe de ſon jeu.

RENAUD (Mademoiſelle).

Jeune Cantatrice; a étonné le Public par l'étendue de ſa voix. L'eſſor aſſuré qu'elle lui a fait prendre dans l'air de Sacchini, qu'elle a chanté au Concert Spirituel, annonce un ſuperbe organe, de la facilité, beaucoup de juſteſſe & une très-grande légéreté.

Roſalie de la Roche (Mademoiſelle), Cantatrice à l'Opéra, double les premiers Rôles. Rue de *Bourbon-Villeneuve*.

SAINT-HUBERTI (Mademoiſelle), prémiere Cantatrice de l'Opéra. *Boulevard du Dépôt*.

Cette Actrice, ſublime dans tous les rôles qu'elle rend ſur la ſcene, s'eſt ſurpaſſée elle-même dans celui de *Didon*, où elle peint tour-à-tour, par l'expreſſion la plus vraie & la plus touchante, le délire & l'accablement du cœur.

TODI (Madame), une des plus célébres Cantatrices de l'Europe, s'eſt fait entendre pluſieurs années avec un égal ſuccès au Concert Spirituel.

Cette Virtuoſe joint au plus bel organe une ame ſenſible & un goût exquis. Sa voix tendre & plaintive fait retentir au fond du cœur le cri de la nature, & met en action tous les reſſorts de l'ame.

C ij

MUSIQUE.

COMPOSITEURS VIRTUOSES, AMATEURS ET MAÎTRES DE MUSIQUE POUR LES INSTRUMENS A CORDES ET A CHEVALET.

Quelques-uns des plus connus sont ;

M M.

Allard, rue du Mail.

Alleaume.

Avolio, a fait des Quatuor, Sonates & airs variés.

Barier, a fait des œuvres de Symphonies concertantes, des concerto & plusieurs recueils d'airs simples & en Duo.

Baudoin, Cul-de-Sac de la Corderie.

Baron, excellent Violon d'Orchestre & d'accompagnement; rue *de l'Université*.

BAUDRON, premier Violon de la Comédie Françoise, a fait la Musique pour le divertissement du *Roi de Cocagne*, celle de *Pygmalion*, & de plusieurs autres pieces.

On regrette que ce charmant Compositeur n'exerce point ses talens sur la scene lyrique. *Rue Guénégaud*.

Bayon, rue Neuve Saint-Roch, près la rue des Petits-Champs.

BERTEAUME, excellent violon, à executé avec succès, au Concert Spirituel, plusieurs Sonates de sa composition, rue *Neuve-des-Petits-Champs*.

Bertrand, rue de Seine, vis-à-vis la Tour-d'argent.

BLASIUS, a fait des Duo, & a exécuté au Concert Spirituel, un Concerto de violon de sa composition, avec le plus grand succès.

Bock (Capitaine), Amateur, a fait plusieurs trio.

Bonnay, Violon à l'Opéra.

Bonneau, rue Bourtibourg, chez l'apothicaire.

Bornet l'aîné, pensionné de l'Académie Royale de Musique; est éditeur & redacteur du Journal du Violon ou d'airs choisis, dans les recueils; nouvelles pieces de Musique des meilleurs Maîtres. Rue *des Prouvaires*.

Bornet, cadet, à l'Opéra.

Boubert, Maître de Violon & de Violoncel; a fait plusieurs œuvres de Symphonies. *Rue du Temple*.

Bouré, a fait une Instruction musicale, une Game pour le violon & la flute, & une étude de violon, arrangé en duo.

BRUNETTI, a fait des sextuor, des trio & sonates, & a exécuté plusieurs concerto de violon, avec succès, au Concert Spirituel.

BRUNI, a fait plusieurs duo & quatuor, & a joué au Concert Spirituel, plusieurs concerto de violon de sa compoſition, dans l'exécution deſquels on a remarqué un bec à plomb, une vigueur de doigt & d'archet peu commune, & une mélodie variée & phraſée avec un art infini; rue *Neuve-des-Petits-Champs.*

Caune, Violon de l'Opéra.

CHABANON (de), Amateur, excellent violon, eſt auteur de la Muſique d'*Alexis* & *Daphnée*, & de pluſieurs pieces de Clavecin; rue *Saint-Marc.*

Chabran, rue du Bac, entre la rue de Grenelle & la rue Saint Dominique.

Chalon, Violon de l'Opéra & du Concert Spirituel; rue *de la Limace.*

Champion, penſionné de l'Académie Royale de Muſique. Tient chez lui des Concerts particuliers; rue *des vieux-Auguſtins.*

Chanlaire, rue Neuve Saint-Etienne, porte Saint-Denis.

Chapelle, Violon de la Comédie Italienne & du Concert Spirituel; a fait la muſique du *Jardinier*, Opéra comique, & pluſieurs duo; rue *du Bouloir*, au coin de la rue *Croix-des-Petits-Champs.*

CHARTRAIN, excellent violon, eſt auteur de la muſique du *Lord ſuppoſé*, & de pluſieurs œuvres de Symphonie concertante, quatuor, trio, duo, ſonate & concerto, à grand Orcheſtre, très eſtimée.

On a entendu l'année derniere au Concert Spirituel une Ode de J. B. Rouſſeau, dont il étoit Auteur de la Muſique, qui a eu le plus grand ſuccès. *Rue de la Comédie Françoiſe.*

Chau'et, Répétiteur à la Comédie Françoiſe; rue *des Foſſés-Saint-Jacques.*

CORELLI, célebre violon & compoſiteur renommé par ſes ſuperbes ſonates, connue ſous le nom *de Gignès.*

Corſin, maître de violon, & de Viole d'amour; rue *Saint-Denis*, à la Barbe d'or.

CRAMER, célébre violon, a fait des trio, ſonates & concerto.

Cuniſti, violon à la Comédie Françoiſe; rue *Saint-Antoine*, vis-à-vis la Baſtille.

Dalaincourt, à la Comédie Françoiſe; cul-de-Sac *des Peintres.*

Debar, violon, penſionné de l'Opéra, a fait pluſieurs duo; avec variation; rue *Neuve-Saint-Roch.*

Deblois, rue Cadet.

Debois, Compoſiteur de la Comédie Italienne.

Deſmarais, violon à la Comédie Françoiſe. *Rue des Foſſés-S.-Germain.*

DESPREAUX, premier violon, retiré & penſionné de l'Opéra, a fait pluſieurs Œuvres de ſonates pour le violon & le clavecin; rue de *Cléry.*

MUSIQUE.

Devaux, répétiteur à l'Opéra, rue *Notre-Dame-Nazareth.*

Dublanc, a fait trois recueils pour deux violons.

Dubois, violon de l'Opéra & du Concert Spirituel, rue *Saint-Honoré.*

Dubois, pour les Bals de la Cour. Rue *du Four-S.-Honoré, au Café.*

DUDRENEUE (le Chevalier), Amateur, excellent violon & compositeur, rue des *Saints-Peres.*

DUPONT, premier violon du Concert de cette ville, a fait différents airs variés & une méthode pour la musique vocale, à *Dunkerque.*

Durieu, excellent Maître de violon, ci-devant attaché au Concert Spirituel, & à celui des Amateurs, & marchand de Musique, est éditeur d'un Journal d'ariettes Italiennes du meilleur choix, parodiées, & dediées à Madame la Duchesse de Bourbon. Rue *Dauphine.*

ECK, ordinaire de la Musique de l'Electeur Palatin, a exécuté avec succès au Concert Spirituel, plusieurs concerto de violon de sa composition.

Erthaud, violon à l'Opéra. Rue *du Sentier.*

Fanteski. Rue de Seine.

FERET, pour les Bals de la Cour, tient Salle de danse les Fêtes & Dimanches. Rue *de la Huchette.*

Cet Artiste est connu depuis plus de dix ans pour la conduite & l'exécution des Contredanses & Pot-pouris. Il joint à ce talent celui de montrer à danser & à figurer, & enseigne la Mandoline.

Fillon, violon de la Comédie Françoise. A l'*Abbaye Saint-Germain.*

Fleury, Eleve de M. Durieu, violon de la Comédie Françoise. Rue *des Boucheries-Saint-Germain.*

FODOR, excellent violon, a exécuté au Concert Spirituel avec succès, plusieurs concerto de sa composition, & fait plusieurs sonates de clavecin à quatre mains, & recueil d'airs variés, avec beaucoup de goût & d'intelligence. Rue *du Fauxbourg Saint-Denis.*

FONTAINE, l'aîné, à l'Opéra, a joué au Concert Spirituel. Rue *des Poulies.*

Fontaine cadet, violon à l'Opéra. Rue *Saint-Honoré*, au Café Anglois.

Fouquet ou *Fouchetti*, rue Saint-Martin, au coin de celle des Menetriers.

FRANTZEL, célebre violon, a fait plusieurs Œuvres de Symphonies à huit parties, quatuor & concerto.

Froment, à l'Opéra, a fait deux Symphonies pour le Concert Spirituel. Rue & *Chaussée-d'Antin.*

Garnier, rue du Champ fleury.

GAVINIÉS, célébre Violon, a fait la Musique du *Prétendu*, & plusieurs Sonates & Concerto.

Le jeu de ce Virtuose est onctueux, brillant, plein d'expression & de sensibilité, & les talens rapides & distingués de ses Eleves, ne sont gueres moins glorieux pour lui que les siens mêmes. *Rue Saint-Thomas-du-Louvre.*

Geminiani, a fait une Méthode pour le Violon.

GERVAIS, rue *Neuve Saint-Eustache.* N°. 42.

Jeune Virtuose dont les talens ont été très-goûtés au Concert Spirituel.

Les sons brillans & purs qu'il tire de son instrument donnent lieu d'espérer qu'il pourra être dans peu l'émule du célebre Fraentzel dont il est l'éleve.

Glachant, Violon à l'Opéra. Plusieurs Trio, & Recueils d'Airs, avec & sans Accompagnement. *Pont Marie.*

Gronnemann, rue de Grenelle Saint-Honoré, maison du Vitrier.

GROSS, premier Violon de S. A. R. le Prince de Prusse, a joué au Concert Spirituel un Concerto de sa composition, & a fait plusieurs autres Œuvres de Symphonies, Concerto, Trio, & Duo de Harpe & de Clavecin.

GUENIN, premier Violon de l'Opéra; rue *Saint-Louis Saint-Honoré.*

GUERILLOT, rue *de l'Université*, *Hôtel de Villeroi.*

Virtuose dont les talens, admirés dans plusieurs Concerto qu'il a exécutés au Concert Spirituel, le placent au rang des plus grands Maîtres.

Guerin, rue Neuve Saint-Eustache.

HARAN, premier Violon de la Chapelle du Roi; *à Versailles.*

Herbain (le Chevalier), Amateur, a fait plusieurs Ariettes à grand Orchestre.

Hipolythe, a fait plusieurs Ariettes à grand Orchestre.

JARNOWICK, en Prusse, un des plus célébres Violons de l'Europe, a fait plusieurs Sonates & Concerto.

Le jeu libre, onctueux & précis de ce Virtuose dévore toutes les difficultés, ou plutôt rien ne lui résiste. On pourroit dire de lui qu'il possede supérieurement toutes les ressources d'un instrument qui est lui-même supérieur à tous.

ISABEY, a joué au Concert Spirituel un Concerto de Violon de la composition de M. *Jarnowick*, dans l'exécution duquel ce jeune Virtuose s'est fait remarquer par la précision & l'assurance de son jeu.

KAER, premier Violon du Concert Spirituel de S. A. S. le Prince des Deux-Ponts, a fait plusieurs Œuvres de Symphonies & Duo pour la Flûte, & Concerto.

Kamel, a fait des Sérénades pour trois Violons, & Quatuor; Duo & Concerto pour la Clarinette.

KRUTZER, digne Eléve du célébre Anioine *Stamitz*, a exécuté au Concert Spirituel, sur le Violon, un Concerto de son Maître, avec une grace & une précision qui lui ont mérité du public les plus vifs applaudissemens.

Lacuisse, pour les Bals de la Cour.

Lahante, pour les Bals de la Cour, & Compositeur. Rue *des Francs-Bourgeois*.

Landrin, pour les Bals de la Cour. Rue *des Boucheries Saint-Germain*.

LAHOUSSAYE, premier Violon du Concert Spirituel & de la Comédie Italienne.

Ce Virtuose réunit à la noblesse de son jeu une expression flatteuse & délicate qui ravit & ne fait qu'ajouter chaque jour au desir ardent que le Public a de l'entendre jouer seul.

Lalance, rue de Bussy, au petit Hôtel d'Angleterre.

Lambert, rue Jean-Saint-Denis, chez le Foureur.

Lencès, rue du Champ-Fleury.

LARRARE (le Marquis de), Amateur, excellent Violon. Rue *de la Feuillade*.

Lebel, rue des Gravilliers.

Leberton, à la Comédie Italienne.

LÉCUYER, premier Violon du Concert de Madame la Comtesse de Montesson.

Leduc, Editeur du Jourual de Harpe & de Clavecin. Rue *Traversiere*.

LEFEVRE.

Ce jeune Virtuose a joué plusieurs fois au Concert Spirituel & justifié que dans un âge où l'on ne peut, tout au plus, donner que des espérances, il pouvoit être placé à côté des Artistes qui se sont fait une réputation brillante, & dont le tems a affermi la célebrité.

LEJEUNE, premier Violon du Concert de M. le Comte d'Albaret. Rue *des Martyrs*.

Lemaire fils, Violon à l'Opéra, & Maître de Pardessus-de-Viole. Rue *Saint-Jacques*.

Lenoble, excellent Violon, a fait plusieurs Quatuor, Concerto & autres morceaux de Musique, très-estimés. Rue *d'Artois*.

Lescot, Violon de la Comédie Italienne & Compositeur. Rue *du Rempart Saint-Honoré*.

Levasseur, rue Neuve Saint-Eustache, à l'Hôtel d'Anjou.

LOCATELLI, célébre Violon, a fait plusieurs Sonates, très-estimées, singuliérement celles connues sous le nom de *Caprices*.

Lochon,

Lochon, Carrefour de Buſſy.

LOLLI, célébre Violon, a fait pluſieurs Sonates & Concerto.

Loullier, Violon de la Comédie Italienne.

Manichon, rue Gît-le-cœur, à l'Aigle d'or.

Mahoni, a fait des Trio & Recueil de Duo & de Serénades pour trois Violons.

Maillard, rue des Filles-Dieu, maiſon du Serrurier.

Mathieu, à Verſailles, premier Violon de la Muſique du Roi, & Compoſiteur.

Marchal l'aîné, rue des Moulins, Butte Saint-Roch.

Mayer, rue des Moineaux.

Mays, a fait pluſieurs Recueils d'Ariettes périodiques.

Maze, rue Coquilliere.

Meunier, à fait des Duo; rue *des Boucheries Saint-Germain*, chez le Chapellier.

Michaud, Violon à l'Opéra, a fait des Duo, Sonates & Recueil d'airs variés, pour le Violon. Rue *des Mauvais-Garçons*.

Miroglio, a fait pluſieurs Œuvres de Symphonies à grand Orcheſtre, Duo, &c. Rue *des deux Portes Saint-Sauveur*.

Montgenot, Rédacteur de pluſieurs Recueils d'Ariettes & Airs détachés, avec Accompagnement de Violon & de Clavecin.

Morange, à l'Opéra.

Moulinghen, Violon de la Comédie Italienne, eſt Auteur de la Muſique & des Accompagnemens des *Nymphes de Vénus*, & de pluſieurs Œuvres de Symphonies & Quatuor.

Mouſtourne, rue Dauphine.

Mozart, Compoſiteur du Concert Spirituel, a fait une Méthode pour le Violon, & pluſieurs Sonates & Concerto de Clavecin.

Muler, a fait des Sonates pour le Violon & la Baſſe.

Navoigille, excellent Violon, a fait pluſieurs Œuvres de Symphonies & Quatuor. Rue *de la Chaiſe*.

Pajin, excellent Violon, digne Eléve du célébre *Tartini*, eſt ſupérieur ſur-tout dans le *Cantabile* & l'*Adagio*. *Au Marais*.

Paris (de), Violon, penſionné de l'Académie Royale de Muſique; rue *du Chantre*.

Paxton, a fait des Sonates pour deux Violons.

PERIGNON, excellent Violon, a exécuté au Concert Spirituel une Simphonie concertante qui lui a mérité les ſuffrages du public, qui regrette de ne point l'entendre plus ſouvent; cet Artiſte joint, à beaucoup de netteté, une juſteſſe dans l'intonation, & une belle qualité de ſons qui le mettent au rang des plus célebres Virtuoſes. *Rue Plâtriere, Hôtel de Bourbon*.

PETRONARD cadet; ce jeune Artiſte a exécuté au Concert

Spirituel un Concerto sur le Violon, qui annonce les plus heureuses dispositions, & lui a mérité du public les plus vifs applaudissemens.

Phelippeaux. Rue Saint-Dominique, à la Rafinerie de Berci.

PIELTAIN, Eleve & digne Emule du célebre Jarnowick, a fait entendre sur le Violon, au Concert Spirituel, plusieurs morceaux de Musique de sa Composition qu'il n'a pas exécuté avec moins d'aisance, de légéreté, de délicatesse & de perfection, que son Maître.

Pollet l'aîné. Cloître Saint-Médéric.

Pradere, Violon du Concert Spirituel. *Rue Montmartre.*

Prot. Rue Saint-Honoré, près la rue Saint-Louis.

PUGNIANI, premier Violon ordinaire de Sa Majesté le Roi de Sardaigne, & célebre Compositeur, a fait plusieurs Simphonies concertantes. Quintetti. Quatuor. Trio. Duo. Sonates & Concerto pour la Clarinete.

On peut aisément se convaincre du mérite personnel de ce célebre Virtuose, si on en juge d'après les sublimes talens de M. Viotti son éleve.

Rameau, Violon de la Comédie Françoise, & Maître de Vocale. *Rue des Ménetriers.*

Robert, Violon du Concert Spirituel. *Aux Champs Elisées, près le Colisée.*

Robinot. Rue des Vielles Garnisons.

Rose, Pensionné de la Comédie Françoise. *Rue Traversiere Saint-Honoré.*

Rosetti, excellent Violon, a fait plusieurs Quatuor. Sonates & Concerto pour ces instrumens la Flûte & le Cor-de-Chasse. *A Saint-Pétersbourg.*

Rostene a fait des Trio.

ROUSSEAU l'aîné, premier Violon du Concert de M. le Comte d'Albaret. *Rue des Martyrs.*

SAINT-GEORGES (le Chevalier), Amateur, Ecuyer de Madame la Comtesse de Montesson, & Directeur de son Concert, excellent Violon & Compositeur, a fait plusieurs Simphonies. Quatuor. Sonates & Concerto pour cet instrument.

Ce Virtuose, qui excelle dans tous les talens comme dans tous les exercices de corps, est d'autant plus estimable, que sa modestie & son affabilité égalent sa bravoure. *Voyez* AUTEURS, &c.

Sallantin cadet. Rue Saint-Dominique, n°. 25.

Sodi. Rue de Cléri-Villeneuve, au Lion d'or.

STAMITZ (Charles) a fait des Simphonies. Duo & Sonates pour l'Alto, & Quatuor & Concerto pour la Clarinete.

STAMITZ (Antoine) a fait plusieurs Sonates.

MUSIQUE.

Stumpff, excellent Violon. Plusieurs Œuvres de Simphonie concertante. Quatuor. Trio & Concerto à grand Orchestre.

Tarade, excellent Violon, Pensionné de l'Académie Royale, a fait plusieurs Sonates. Un Traité de Violon, & une Méthode de principes pour la Clarinette.

TARTINI, célebre Violon. Œuvres de Sonates & Méthode pour la Vocale.

Thomelin le jeune. Rue Saint-Antoine, vis-à-vis la rue Clocheperche.

VACHON, célebre Violon, Compositeur, a exécuté au Concert Spirituel, plusieurs morceaux de sa Composition qui lui ont mérité les vifs applaudissemens.

Welcker. Rue des Boucheries, Fauxbourg Saint-Germain.

VERNIER, fils.

A fait exécuter un Concerto de Violon de Jarnowick, dans l'exécution duquel on a admiré la connoissance que ce jeune Artiste a acquise de cet instrument, la facilité avec laquelle il le parcourt, & la justesse, la précision & la netteté des sons qu'il en fait tirer. *Rue des Mauvais Garçons.*

Vielh, excellent Violon d'Orchestre & d'Accompagnemens. *Rue Saint-Claude, porte Saint-Denis.*

Vincent, Violon des Bals de la Cour, a fait plusieurs Recueils d'Allemandes, Menuets & Contredanses très-recherchés.

VIOTTI, Eléve & digne Emule du célebre Pugniani, a exécuté avec succès, au Concert Spirituel, plusieurs Concerto de sa composition, qui lui ont mérité les plus vifs applaudissemens. *Rue de Richelieu, Hôtel de Chartres.*

Wibaut. Rue Froidmanteau, Hôtel de Flandres.

Pour la Quinte ou Alto.

Benoît, Alto à l'Opéra. *Rue Saint-Nicaise.*

Coppeau, Alto & Timbalier à l'Opéra. *Rue au Maire.*

Douay, Alto de l'Opéra & du Concert Spirituel.

Huguet, Alto de la Comédie Italienne. *Rue Saint-Denis.*

Ledet, Quinte de la Comédie Françoise. *Rue du Théâtre François.*

Lumiere, Alto à l'Opéra. *Rue Thibautodé.*

Mazoni, Quinte à l'Opéra.

Poussin, Alto à l'Opéra. *Rue de l'Arbre sec.*

Prot, Quinte à la Comédie Françoise, a fait plusieurs Sonates pour l'Alto. Voyez Auteurs & Compositeurs, &c.

Thevenot, Quinte à la Comédie Italienne.

Viole d'amour & par-dessus de Viole.

Corsin, pour la Viole d'amour. *Rue Saint-Denis, à la Barbe d'or.*

MUSIQUE.

Decaix, Maître de Pardessus de Viole. *Rue du Sentier.*

Doublet, idem. *Rue Sainte-Anne, au coin de la rue de Langlade.*

Milandre a fait une Méthode pour la Viole d'amour, avec une suite d'Airs connus, & arrangée pour cet instrument.

Basse ou Violoncel & Contrebasse.

Amé, Maître de Violoncelle & de Cistre. *Rue des petits Carreaux.*

Aubert, Maître de Violoncelle, de Harpe & de Guitarre, a fait plusieurs Sonates & Concerto pour le Violoncel, &c. *Rue Phelipeaux.*

BERARD, premier Violon de la Comédie Italienne, a fait un Recueil d'airs pour la Guittare. *A Mousseaux.*

BERTHAUD, célébre Violoncélle, a fait plusieurs Sonates & Concerto pour cet instrument, &c.

BOUTROY, violoncelle & Contre-Basse au Concert Spirituel & à l'Opéra, & Maître de composition & de Clavecin. *Cul-de-sac Thevenot.*

BRÉVAL l'aîné, a exécuté sur le Violoncelle au Concert Spirituel, plusieurs Concerto de sa composition, & fait différens Trio & Quatuor. *Rue Feydeau.*

BRÉVAL cadet, a exécuté au Concert spirituel une symphonie concertante, qui lui a mérité de grands applaudissemens ; il est attaché à M. le Comte d'Ogny. *Rue de Richelieu, près le Café de Foi.*

Camouche. Rue des Boucheries-Saint-Germain, Hôtel de Hambourg.

Canavas, ordinaire de la Musique du Roi. *Rue Poissonniere après le Boulevard.*

Cardon. Rue Françoise.

Chantier. Hôtel Soubise.

Chappellet, Violoncelle & Maître de Vocale est un des plus grands Lecteurs de Musique. *Rue des Mathurins, Hôtel de Cluni.*

Chrétien, Violoncelle de la Chapelle du Roi. *A Versailles.*

CIRRI. a fait plusieurs symphonies à grand orchestre, Sonates & Airs variés pour le Violoncelle & Concerto pour la Flûte.

Cupis l'aîné, Eleve & digne émule du fameux Berthaud, a fait un Recueil d'Airs choisis pour le Violoncel, & une Méthode très-estimée pour cet instrument. *Barriere des Porcherons.*

Cupis cadet, Violoncelle d'un mérite distingué. *Vieille rue du Temple.*

Decaix. Violoncelle à l'Opera, & Maître de Pardessus de Viole. *Fauxbourg Saint-Denis.*

MUSIQUE.

Descombes. Cloître Saint-Nicolas du Louvre.

Desplanques. Pensionné de l'Académie Royale de Musique. *Rue Saint-Honoré*, n°.

Dessé. Rue du Figuier, Hôtel de Sens.

Diury. Violoncelle & Alto de l'Opéra & du Concert Spirituel.

Doublet. Violoncelle à l'Opéra & Pardessus de Viole. *Rue des Cinq-Diamans*.

DUPORT l'aîné. Célébre Violoncelle de S. A. S. le Prince de Deux-Ponts, & digne Eléve du fameux Berthaud.

A porté l'exécution beaucoup plus loin, & même à un dégré qui étonne & ne laisse rien à desirer ni espérer de plus.

DUPORT cadet. Eléve & digne Emule de son frere, premier Violoncelle du Concert Spirituel.

Y a exécuté les morceaux les plus difficultueux avec tant d'aisance, d'énergie & de brillant, que les Virtuoses doutent qui de son frere ou de lui fait tirer de cet instrument des sons plus flatteurs, plus agréables & plus harmonieux.

Fouquet ou *Fouchetti*, Violoncelle, a fait un Recueil d'Airs pour deux Violons, & une Méthode pour la Mandoline. *Rue Saint-Martin près la rue Oignard.*

Graziani a fait plusieurs Sonates pour le Violoncelle.

Hachette, Basse à l'Opéra. *Rue Royale.*

Haillot. Rue de Bourbon-Villeneuve, chez le Tapissier.

Hubert, Violoncelle, a fait des Trio & Sonates, pour l'Alto & le Violon.

Hyvart, Violoncelle à l'Opéra & au Concert Spirituel. *Rue de Bourbon-Villeneuve, chez le Vitrier.*

Jeanson. Rue de Seine, Hôtel de la Rochefoucault.

Jolliet. Rue du Doyenné.

Lepin a fait plusieurs Sonates & Duo pour le Violon. *Rue Perdue.*

Levasseur. Rue du Temple vis-à-vis la rue Portefoin

Lobry. Rue Thevenot, près celle Saint-Denis.

MARA, célébre violoncelle de l'Opera de Berlin.

Meisner, excellent Violon; *hôtel de Rochechouart.*

Menel, Violoncelle du Concert Spirituel & de la Comédie Françoise; rue *des Petits-Carreaux.*

Mery, à la Comédie Françoise; rue *de Seine.*

Mielle, à l'Opera; rue *Bourbon-Villeneuve.*

Natulresta a fait des Sonates pour le Violoncelle.

Nochez, rue Saint-Honoré, près l'Oratoire.

Nodi, rue de l'Université, Hôtel de Villeroy.

Piarelli a fait des Sonates pour le Violoncelle.

Plantade, près la Croix-Rouge.

Rachelle, rue Royale, Place de Louis XV.

Renaudez, Basse d'accompagnement à la Comédie Françoise. *Rue Saint-Honoré, près celle des Bourdonnois.*

Renard, premier Violoncelle de l'Ambigu Comique. *Rue Charlot au Marais.*

Ritters a fait des Concerto pour la Basse, différents Recueils d'Airs choisis pour la Guittare & une Méthode pour le Cistre.

ROUSSEAU le cadet, premier Violoncelle du Concert de M. le Comte d'Albaret. *Rue des Martyrs.*

Scuppen, Place des Victoires.

Watrin, rue Saint-Jacques de la Boucherie vis-à-vis celle de la Jouaillerie.

Vion, Violoncelle à l'Opéra. *Rue des Deux-Ecus.*

Contrebasses.

Boutroy, Contrebasse de l'Opéra & du Concert Spirituel, *Cul-de-Sac Thevenot.*

D'Argent l'aîné.

Dessé, rue du Figuier.

Glein, Contre-Basse du Concert Spirituel. *Rue des Prouvaires.*

Gordan, à l'Ambigu Comique, excellente Contre-Basse. *Marché des Enfans Rouges au Marais.*

Lisky, Contre-Basse à la Comédie Françoise. *Rue Chabanois.*

Louis, Contre-Basse de la Chapelle du Roi, un des plus célébre pour cet instrument. *A Versailles.*

Louis, rue des Cordeliers chez le Sellier.

Savoye, rue Thérese.

Scutzmann, Contre-Basse, Pensionné de l'Opéra. *Rue de Viarmes*, N°. 28.

COMPOSITEURS, VIRTUOSES, AMATEURS ET MAÎTRES D'INSTRUMENS A CORDES ET A CLAVIER.

Clavecin & Forte-Piano.

Quelques-uns des plus connues sont :

M M.

ABEL, Maître de Clavecin, a fait plusieurs Œuvres de Symphonies concertantes, & à grand Orchestre Quatuor, Trio, Sonate, Concerto & pieces détachées.

Adam, a fait plusieurs Symphonies, ouvertures & pieces détachées, pour le Clavecin & la Harpe.

Audifrari, a fait plusieurs pieces détachées pour le Clavecin.

BALBATRE. Cloître Saint-Roch.

Ce Virtuose, qui s'est fait entendre plusieurs fois avec succès au Concert Spirituel, joint au tact le plus délicat une parfaite égalité des deux mains, qui rend son exécution surprenante & toujours soutenue. *Cloître Saint Roch.*

Bambini, aux Eaux de Passy, *rue des vieux-Augustins.*

BECK, excellent Maître de Clavecin, Directeur du Spectacle & de l'Orchestre de Bordeaux, qui a fait plusieurs Œuvres de symphonies périodiques, à grand Orchestre, Quatuor & pieces détachées pour le Clavecin.

Son *Stabat Mater*, exécuté au Concert Spirituel, a eu le plus grand succès, & lui a mérité les plus vifs applaudissemens.

BEMETZRIEDER, rue des *SS. Peres.*

Est Auteur d'une Méthode de Clavecin, d'un Essai sur l'harmonie, & d'un nouveau Traité de Musique, dans lequel il observe, avec raison, que la Musique a des bornes marquées par la nature, que l'on ne doit pas franchir, si on veut conserver l'expression qu'elle communique aux paroles; & le rapport qu'elle doit avoir avec la voix.

Benaut, Clâveciniste de l'Abbaye Royale, est éditeur & rédacteur de plusieurs ouvrages arrangés avec accompagnement.

Berthaud (Mademoiselle), rue des Boucheries.

Blondel (mademoiselle), rue aux Fers.

Boccherini, a fait plusieurs Œuvres de Symphonies, à grand Ochestre, Sextuor, Quatuor, Trio, Sonates, Concerto & pieces détachées de Clavecin, &c.

Bonvalet, Quai des Orfévres, à la Croix d'or.

Borghese, a fait plusieurs Œuvres de pieces détachées pour le Clavecin.

Bouchard, Organiste à Saint-Louis

Bury (de), excellent Maître de Clavecin, & très-habile Lecteur. Rue *Potte-Foin.*

Burton, Organiste Anglois, & Compositeur. Rue *Saint-Thomas-du-Louvre.*

Camille (Monteze), a fait des Sonates pour le Clavecin.

Campioni, a fait des Quatuor, Trio, Duo & pieces de Clavecin.

CANDEILLE (Mademoiselle), jeune Virtuose, à exécuté avec grand succès au Concert Spirituel, plusieurs Concerto de Forte-piano, un entr'autre de sa composition, & d'un chant fort agréable, &c.

César, a fait les accompagnemens de plusieurs Ouvertures d'Opéra, arrangés pour le Clavecin Quai *des Ormes.*

CHARPENTIER, célèbre Organiste à Saint-Paul, & Maître de Clavecin, a fait plusieurs pieces d'orgue & de Clavecin, très-estimées.

Chauvet, Organiste à Saint-Lazare, aveugle & compositeur, a fait entendre avec succès plusieurs morceaux de sa composition.

Clément, Claveciniste & Redacteur d'un Journal de Clavecin, a fait différens airs pour la Clarinette, & une méthode sur l'accompagnement du Clavecin, par les principes de la composition pratique, & de la Basse fondamentale. *Cloître Saint-Nicolas-du-Louvre.*

CLEMENTINI, célèbre Cleveciniste, renommé par la plus brillante exécution, & par le charme de ses compositions.

Clerembault, rue des Grands-Augustins, Hôtel de S. Cyr.

Couperin fils, Organiste à Saint Jean-en-Greve, & Maître de Clavecin. Près *Saint-Gervais.*

DAVAUX, Aamteur, a fait pour le Clavecin, plusieurs Symphonies concertantes, & à huit parties, d'un goût léger, agréable & savant; Quatuor, Duo, &c. Au *Carousel.*

David, Boulevard de la rue Poissonniere.

Dedois, Organiste de Saint-Louis-en-l'Isle. Rue *Culture-Sainte-Catherine.*

Deharme, rue des Martyrs-Montmartre.

Desjardins, a fait des Duo & Sonates pour le Clavecin.

DEMEREAUX, célebre Organiste de Saint Sauveur, habile maître de Clavecin, & Compositeur, a fait la musique d'*Alexandre aux Indes*, qui a eu beaucoup de succès. Rue *Carême-prenant.*

Depinois, rue du Pourtour-Saint-Gervais.

Despreaux, Œuvres de sonates pour le Clavecin.

DESPRÉS, célebre Organiste de Saint-Méderic, & S. Nicolas-du-Chardonnet, & Maitre de Clavecin. Rue *Simon-le-Franc.*

Dischelmarcq, rue & Porte-Saint-Jacques.

Doublet, rue des Cinq-Diamants.

Dreux, vielle rue du Temple.

Dreux le jeune, au Collége de Navarre.

Duchesne, rue Hyacinthe, près la place S. Michel.

Dumoustier, a fait différentes pieces détachées pour le Clavecin.

Duphly, a fait différents Œuvres de pieces détachées pour le Clavecin.

ECKARD, célebre Claveciniste, a fait plusieurs pieces détachées pour les Instrumens, d'un genre savant & digne des plus grands Maîtres. Rue *Saint-Honoré*, près de celle des *Frondeurs.*

EDELMANN, célebre Claveciniste, a fait *Ariane. L'acte du feu*, & plusieurs œuvres de Trio, Sonates & pieces détachées pour cet Instrument. Ce Virtuose est auteur du Journal d'*Euterpé* pour le Clavecin, & du Diapazon général pour tous les Instrumens à vent. Rue du *Temple.*

Fabre,

Fabre, rue de Bétizy, Hôtel de Dreux.

Ferrant, Organiſte à Saint-Joſſe & à Sainte-Catherine, rue *Quincampoix*.

Filtz, a fait pluſieurs Œuvres de Symphonies concertantes & à grand Orcheſtre, Trio, Duo & Concerto pour le Clavecin.

Fodor, Sonates de Clavecin à quatre mains, Concerto & recueil d'airs variés.

Foignet, a fait pluſieurs recueils d'airs avec accompagnement pour le Clavecin.

FONTENET, Amateur & Compoſiteur, a fait pluſieurs Trio & autres pieces de Clavecin, d'un genre ſavant & recherché.

Fouquet (Noiſy), Organiſte de Saint-Euſtache, & Maître de Clavecin. Rue du *Gros-Chenet*.

Fuger, rue du Champ-fleury, hôtel de la Montagne.

Gallat, a fait des Pieces de Clavecin.

Garnier, à l'Opéra, a fait une Méthode pour le Clavecin & la Harpe, & une tablature de Flageolet.

GERVAIS (Madame), dite *Perignon*, a exécuté au Concert Spirituel, une Sonate de Forte-piano, avec ſuccès.

Giardini, a fait pluſieurs Quintetti de Clavecin.

Gibert, Maître de Clavecin & Compoſiteur, renommé pour l'accompagnement. Près de *Chaillot, à la Manufacture de Savonnerie*.

Giordani, Sonates & Concerto pour le Clavecin.

Goermans, renommé pour le Clavecin, la Harpe & la vocale. Rue de *Limoges*.

Goſſec fils, Claveciniſte & Compoſiteur, a arrangé pluſieurs morceaux de Muſique, avec accompagnement, & a donné dans chacun des preuves de ſon goût & de ſon intelligence.

Gougelet, a fait pluſieurs airs de Guitare & une Méthode de Clavecin.

Grenier, rue des Vieilles-Etuves.

Guebſſer (Madame). Maiſon de M. le Marquis de Villette.

Guenin, rue Saint-Louis-Saint-Honoré.

Gueydon (Mademoiſelle), fille du célebre Carlin Bertinazzi, a exécuté, au Concert Spirituel, pluſieurs morceaux de Muſique ſur le Forte-piano.

Héron, a fait des Sonates pour le Clavecin.

Holſams, habile Claveciniſte, renommé par la délicateſſe & le choix des ouvrages qu'il a arrangés pour le Forte-piano.

HONAVER, célebre Claveciniſte & ſavant compoſiteur, a fait pluſieurs pieces de clavecin pleines de goût de chant & d'une contexture flatteuſe & agréable. R. *S. Dominique*.

HULLEMANDEL, célebre Claveciniſte, a fait le plus grand

plaisir sur l'*harmonica*, par l'exécution de plusieurs morceaux de Musique d'un genre savant, agréable & recherché, de sa composition. Rue *Basse-porte-saint-Denis*.

Joinville, rue Coquilliere.

Juste, a fait plusieurs Sonates pour le Clavecin.

Lachnith, a fait plusieurs Œuvres de Symphonie, Quatuor, Trio & Sonates de Clavecin.

Lacour (Mademoiselle), Isle Saint-Louis.

Lacroix, rue Saint-Honoré, près de l'Oratoire.

Lairet (Mademoiselle), Organiste de Sainte-Croix en la Cité, & Maîtresse de Clavecin.

Landrin, Organiste à l'Hôtel Royal des Invalides, à Saint-Jean-en-Greve, & Maître de Clavecin.

Langlé, rue de l'Université, au coin de la rue de Baune.

Lasseux, a fait plusieurs pieces d'Orgue & Quatuor, pour le Clavecin & la Harpe. Rue & *Montagne-sainte-Genevieve*.

Lecler, Organiste des Peres de la Merci, a fait un Journal de pieces d'Orgue.

Leduc, a fait plusieurs Symphonies, Trio, Duo, Sonates & Concerto, & est éditeur d'un Journal de Harpe & de Clavecin, avec accompagnement, du choix des meilleurs Maîtres. Rue *Traversiere*.

Lefevre, rue des Singes.

Lefebvre, rue sainte Appolline, près la rue saint-Martin.

Legal (Defurcy), Organiste des Carmes de la place Maubert, & Maître de Clavecin. Rue d'*Orléans*.

Legrand, a fait des Sonates de Clavecin. Rue *Coquilliere*.

Lejay, Maître de Clavecin, a fait les *Après souper joyeux*, ou recueil d'airs variés pour la Guitare. Rue *Neuve-saint-Méderic*.

LEPIN, jeune Virtuose, a exécuté avec succès au Concert Spirituel, un Concerto de Clavecin de sa composition.

Leroy, a fait plusieurs Symphonies & pieces de Clavecin.

Levé a fait un œuvre de pieces de Clavecin.

Lindorff, a fait des Quatuor pour le Clavecin.

LUCE, célebre Organiste de Notre-Dame, & à Saint-Nicolas-des-Champs.

MARCHAL, excellent Claveciniste, a exécuté avec succès au Concert Spirituel, plusieurs Quatuor & Concerto de sa composition.

Marlé, rue Phelippeaux.

Marpourg, a fait l'art de toucher le Clavecin selon la maniere perfectionnée des modernes.

Malterer l'aîné, rue & hôtel de Tournon.

Milchmeyer, pour le Clavecin & la Harpe. *Cloître S. Honoré*.

MIROIR l'aîné, célebre Organiste, à l'Abbaye Saint Germain-des-Prés, & Maître de Clavecin. Rue de *Tournon*.

Miroir cadet, Claveciniſte. Rue de la *Planche.*

Miroir le jeune, dit *Paventelly*, rue du Fauxbourg du Temple, N°. 14.

Monteze (Camille), Sonates pour le Clavecin.

Morigy, a fait des Duo pour le Clavecin, la Flute, le Hautbois & le Baſſon.

Mouſtourne, Maître de Clavecin.

NEVEU, Claveciniſte de Monſeigneur le Comte d'Artois, Rue du *Four-Saint-Germain.* Hôtel de la Guerre.

A fait pluſieurs Œuvres de pieces détachées de Clavecin & exécuté au Concert Spirituel un Concerto de ſa compoſirion d'un genre agréable, dans lequel il a donné de nouvelles preuves de la fécondité de ſon génie, de la légereté & du fini de ſon jeu. *Rue du Four Saint-Germain.*

Noblet (Mademoiſelle), Organiſte à la Magdeleine. Rue des *Foureurs*, à la Picarde.

Osfroy (Mademoiſelle), aux Hoſpitalieres, rue Mouffetard.

Olivier (Mademoiſelle), Organiſte à Saint Landry.

Paganelli, a fait pluſieurs œuvres de Sonates pour le clavecin & la Flûte, &c.

PARADIS (Mademoiſelle), aveugle dès l'âge de deux ans, a exécuté au Concert Spirituel pluſieurs Concerto de Clavecin, avec un art & une légereté qui ont pénétré d'admiration & les applaudiſſemens qu'elle a reçus n'ont jamais été plus vifs, ni plus juſtement merités.

Paris (Madame de), excellente Maîtreſſe de Clavecin & de goût du chant. Rue du *Chantre.*

Pelegrino, a fait pluſieurs œuvres de pieces pour le Clavecin.

PETRONAR, le plus jeune.

Cet enfant a exécuté au Concert Spirituel un morceau ſur le Clavecin avec une légereté qui donne lieu d'eſpérer qu'il ſera un jour au rang des plus grands Artiſtes, & qui lui a mérité du Public les plus vifs applaudiſſemens.

Piozzi, très-renommé pour enſeigner à chanter, a fait des Sonates de Clavecin, en *Angleterre.*

Piſchmann, a fait des Trio pour le Clavecin.

Poirier (Mademoiſelle), rue de la Verrrerie, Hôtel de Pomponne.

POUTEAU, célebre Organiſte de Saint-Martin-des-Champs, & Maître de Clavecin, eſt auteur de la muſique d'*Alain & Roſette*, & de pluſieurs recueils d'airs pour le clavecin. Rue *Planche-Mibray.*

Raſetti, rue Saint-Denis, près S. Sauveur.

Raviſſa (Madame), excellente Maîtreſſe pour le Clavecin, la vocale & le goût du chant. Rue de la *Harpe.*

Raupach, a fait pluſieurs œuvres de pieces pour le clavecin.

Rauzini, a fait des Quatuor & Sonates pour le clavecin.

Rigel (Freres), rue Neuve-saint-Roch.

ROMAIN, Maître de Clavecin : connu par plusieurs œuvres de Symphonies pour cet instrument, est singulierement renommé pour l'art d'enseigner & de faire faire à ses éleves les progrès les plus rapides. *Quai des Augustins.*

Saint-Marcel, rue Haute-des-Ursins.

Scheffrat, a fait plusieurs œuvres de pieces détachées pour le Clavecin.

Schmitz, a fait des œuvres de Symphonies, Quatuor, Trio, Duo, Sonates & airs variés pour le Clavecin.

Schobert, a fait des Concerto pour le Clavecin.

Schroester, a fait des œuvres de Sonates & Concerto pour le Clavecin.

SÉJAN l'aîné, célebre Organiste du Roi à Notre Dame, & Maître de Clavecin, a fait plusieurs pieces de musique pour cet instrument. *Cloître saint-Médéric.*

Séjan le jeune, a fait un Recueil de petits rondeaux & de Sonates, des commençans pour le Clavecin.

SIMON, Calveciniste de la Musique de la Reine, a fait plusieurs recueils d'airs françois. A *Versailles.*

Sierkel, Compositeur du Concert Spirituel, a fait plusieurs Œuvres de Symphonies, Sonates & pieces de Clavecin qui ont été exécutés avec succès.

Stephani, a fait des Sonates de Clavecin.

Tapray, Organiste de la Chapelle de l'Ecole Royayle Militaire & Maître de Clavecin. Rue des *Deux-Portes-Saint-Sauveur.*

Thomelin neveu, rue Saint-Antoine, vis-à-vis la vieille rue du Temple.

Tischer, a fait des œuvres détachées pour le Clavecin avec accompagnement de Violon.

Tranti, a fait plusieurs Sonates de Clavecin.

Tschirschzchy, Claveciniste, est inventeur de la Harpe perfectionnée. Rue *Saint-Nicaise.*

Vadenbosch, a fait des Sonates & Concerto pour le Clavecin.

VAGEMAL, a fait des œuvres de Symphonie périodique, Sonates, Concerto & pieces détachées pour le Clavecin. On exécute plusieurs Symphonies, de lui, au Concert Spirituel, avec succès.

Vanhal, a fait des œuvres de Smphonies concertante & périodique, & concerto pour le Clavecin ; Quatuor, Trio, Duo & Sonates de Flûte & Clarinette.

Vernadé, Cloître Saint Benoît.

Viering, rue de Seine, maison de M. le Curé de S. Sulpice.

Vion, rue des Deux-Ecus, hôtel Impérial.

VIRBES, Maître de Clavecin, d'un mérite distingué par

l'étude & les connoissances précieuses, qu'il a acquises dans les meilleures Ecoles d'Italie, pour enseigner l'accompagnement par les regles de la composition.

Cet Artiste, qui joint à un goût épuré une organisation très-délicate, a trouvé l'art de faire entendre sur son Clavecin les sons de divers instrumens, depuis le *Crescendo* jusqu'au *Moriendo*, sans y adapter aucun jeu d'orgue ni souflets; ce qui lui a mérité les éloges des plus grands Artistes & l'approbation de l'Académie royale des Sciences. *Rue du Four Saint-Honoré.*

La Vielle.

Bonvalet, pour la Vielle. Rue de la *Fromagerie*, à la Croix d'or.
Danguy, Maître de Vielle. Rue *Bourg-l'abbé.*
Descombes, Cloître S. Nicolas-du-Louvre.
DLAINE, Maître de Vielle, renommé par les agrémens qu'il a ajoutés à cet Instrument, en lui prêtant des sons aussi moelleux, aussi flatteurs à l'oreille & aussi long-temps filés qu'ils peuvent l'être sur le Violon.
Genty, Charpentier. Rue *Saint-Martin*, N°. 85.
Torlez, a fait des principes pour la voix, la Vielle & l'instruction des serins.

COMPOSITEURS VIRTUOSES, AMATEURS ET MAÎTRES D'INSTRUMENS A CORDES PINCÉES.

Pour la Harpe.

Quelques-uns des plus connus sont:

M M.

Aubert, rue Phelipeaux.
Baur, Maître de Harpe, a fait plusieurs Recueils d'Airs pour cet Instrument, & des Duo & Quatuor pour le Clavecin, &c. Rue *Saint-Jacques*, *vis-à-vis celle du Plâtre.*
Berlinier, Maître de Harpe; rue *du Sentier.*
Boerchmitz, a fait des Sonates pour la Harpe.
Boilli, Maître de Harpe de Madame la Comtesse d'Artois & de Madame Elisabeth, a fait plusieurs Recueils d'Airs très-agréables, avec Accompagn. pour la Harpe. *A Versailles.*
Boutard, rue Saint-Honoré.
BREIDEMBACH, a exécuté sur la Harpe au Concert Spirituel plusieurs Sonates de sa composition. Rue *Etienne.*
BURCKOFFER, excellent Maître de Harpe, a fait plusieurs Œuvres de Trio, Duo, Sonates & Concerto pour cet Instrument, & un Recueil d'Airs détachés, avec Accompagnement. Rue *Royale*, *Place de Louis XV.*

MUSIQUE.

CARDON, excellent Maître de Harpe, a fait plusieurs Trio, Duo, Sonates & Concerto, & Recueils d'airs variés pour le Violon & la Guitare. *A Versailles.*

Cardon fils, rue Saint-Germain-l'Auxerrois.

Caune, rue du Petit-Lion Saint-Germain.

CORBELIN, Eleve du célebre *Patouart*, Maître de Harpe & de Guitare, a fait différents Recueils d'Ariettes arrangées avec Accompagnement, & une Méthode pour ces Instrumens. *Place Saint-Michel.*

Corsin, rue Saint-Denis, à la Barbe d'or.

Courde, rue Neuve des Capucines, Hôtel de Vilquier.

Couperin fils, près Saint-Gervais.

COUSINEAU fils, excellent Maître de Harpe & Compositeur, a exécuté avec succès, sur cet Instrument, au Concert Spir. plusieurs morceaux de sa composition. Rue *des Poulies.*

David fils, Boulevard de la rue Poissonniere.

Delplanque, a fait des Quatuor, Sonates & Recueils d'Airs variés pour la Harpe, avec Accompagnement. Rue *Charlot.*

DUVERGER (Mademoiselle), a exécuté sur la Harpe, au Concert Spirituel, plusieurs Sonates & un Concerto de M. *Bach*, avec un goût, une légereté & une précision qui lui a mérité les plus vifs applaudissemens.

Eichner, a fait plusieurs Sypmhonies,, Quatuor, Trio & Sonates pour la Harpe & le Clavecin, & des Recueils d'Airs variés pour la Clarinette, le Cor-de-Chasse & le Basson.

Elouis, a fait des Airs variés pour la Harpe.

Emick, excellent Maître de Harpe, a fait plusieurs Œuvres de Quatuor pour cet Instrument; rue *des Roziers.*

Fabre, rue Betizi, Hôtel de Dreux.

Granier, a fait plusieurs Œuvres de Quatuor pour la Harpe & de Sonates pour la Flûte.

GROSS, Maître de Harpe & de Violon, ordinaire de la Musique de S. A. R. le Prince de Prusse, a fait plusieurs Œuvres de Symphonies, Concerto, Trio & Duo de Harpe & de Clavecin. Rue *des Enfans-Rouges.*

Guebffer, excellent Maître de Harpe.

Heina fils, rue *de Seine.*

HINNER, ancien Maître de Harpe de la Reine, un des plus célébres pour l'exécution, est Auteur de la Musique de *la fausse Délicatesse*, de plusieurs Duo, & autres morceaux de Musique d'un genre savant & d'un goût recherché pour cet Instrument. *A Versailles.*

HOCHBRUCKER, un des plus célébres Maître de Harpe de l'Europe, a fait plusieurs Sonates & Airs variés, avec & sans Accompagn. pour cet Instrument; *à Valenciennes.*

Hochbrucker neveu, rue Saint-Denis, vis-à-vis celle de la Féronnerie.

Krumpholtz, rue des Moineaux.

LAFOND (Mademoiselle), renommée pour ſon exécution ſur la Harpe & ſon aptitude dans l'art d'enſeigner cet Inſtrument. Cul-de-ſac *Sourdis*.

Lamaniere, rue Montmartre, Hôtel de Montmorency.

Leduc (Madame), rue Traverſiere Saint-Honoré.

Matterer, rue Dufour Saint-Germain.

MAYER, excellent Maître de Harpe, a fait pluſieurs Œuvres de Quatuor pour la Harpe, avec une Méthode pour cet Inſtrument. Symphonies pour le Clavecin. Recueils d'Airs détachés, avec Accompagnement de Harpe, & Airs variés pour la Flûte. Rue *Neuve des Petits-Champs*.

Milckmeyer, Cloître Saint-Honoré.

Moreau, a fait différens Recueils d'Airs variés pour la Harpe.

Navert, a fait des Concerto pour la Harpe.

PATOUART, en *Pologne*, célébre Maître de Harpe, a fait pluſieurs Recueils d'Airs & d'Ariettes avec Accompagnement de Harpe, & Trio pour la Voix & le Violoncelle.

PETRINI, excellent Maître de Harpe & Compoſiteur, a fait pluſieurs Sonates & Recueils d'Airs variés pour cet Inſtrument. Rue *Montmartre*.

Petrini cadet, même rue, vis-à-vis celle du Jour.

PETRONARD, jeune Artiſte qui a pincé de la Harpe au Concert Spirituel avec ſuccès.

Son exécution ferme & ſoutenue annonce un grand exercice, des doigts nerveux & flexibles, & une tête déja bien organiſée.

Pollet l'aîné, Cloître Saint-Médéric.

Raimond (Madame), rue du Bacq, aux Dames Sainte-Marie.

Raſetti, Maître de Harpe, a fait pluſieurs Sonates & Pieces de Clavecin, d'un ſtyle agréable & recherché; rue *Saint-Denis, près Saint-Sauveur*.

RENAUDIN, excellent Maître de Harpe, a exécuté avec ſuccès au Concert Spirituel pluſieurs morceaux ſur cet Inſtrument. Rue *Mauconſeil*.

Richter, a fait des Symphonies, Quatuor & Sonates pour la Flûte, & Concerto pour la Harpe.

Rouſſel (Madame), Maîtreſſe de Harpe & de Muſique Vocale, a fait pluſieurs Airs avec & ſans Accompagnement. Rue *Saint-Germain-l'Auxerrois*.

Saint-Marcel (Mademoiſelle), rue Haute-des-Urſins.

Schencher, a fait des Trio de Harpe.

Sieber, rue Saint-Honoré, vis-à-vis l'Hôtel d'Aligre.

Simon (Mademoiſelle), prend de jeunes Demoiſelles en penſion & leur enſeigne la Muſique Vocale, la Harpe & le Clavecin. Cul-de-ſac *de Rouen*.

Tiſſier, ordinaire de la Muſique du Roi, ſous-Maître de l'Orcheſtre de l'Opéra & Maître de Harpe, a fait pluſieurs Trio & Recueils d'Airs arrangés pour le Violon, la Harpe & la Guitare. Rue *Saint-Honoré, vis-à-vis l'Oratoire.*

Vente, a fait des Trio & Sonates pour la Harpe & le Clavecin.

Vernier, rue des Boucheries, près la grille.

Witzlhumb, a fait des Symphonies & Sonates pour la Harpe.

Pour la Guitare, le Ciſtre & la Mandoline.

Amé, Maître de Ciſtre.

Bailleux, a fait une Méthode pour la Guitare.

BAILLON, Maître de Guitare & de goût du Chant, eſt Auteur d'une Méthode pour cet Inſtrument; Rédacteur du Journal de Violon, Alto & Violoncelle, & Editeur de la Muſe Lyrique *ou* Journal d'Ariettes, avec Accompagnement de Harpe & de Guitare, depuis 1772 juſques & compris 1784. Rue *des Petits-Champs & de Richelieu.*

Berard, Recueil d'Airs pour la Guitare.

Bouleron, a fait des Trio pour la Guitare.

Boyer. Œuvres de Guitare, avec l'Eloge de cet Inſtrument.

Carpentier, Amateur, a fait pluſieurs Accompagnements pour le Ciſtre qui ont été favorablement accueillis.

Cherbourg, a fait un Recueil d'Airs pour la Guitare.

Corſin, Maître de Ciſtre & de Guitare; rue *Saint-Denis, à la Barbe d'or.*

Delaure, a fait un Recueil d'airs pour la Guitare.

Devillers, a fait différents Airs variés pour le Ciſtre.

Dom ***, a fait une Méthode pour la Guitare.

Dotel. Recueil d'Airs variés pour la Guitare.

Favier, a fait pluſieurs Recueils d'Airs variés, avec Accompagnement de Guitare.

Félix. Recueils d'Airs variés pour la Guitare.

Fouquet ou *Fouchetti*, pour la Mandoline. Rue *Saint-Martin.*

Gentil, a fait des Airs de Guitare.

Gervaſio, a fait une Méthode pour la Mandoline.

Glachant, a fait pluſieurs Trio & Recueil d'Airs de Guitare, avec & ſans Accompagnement. Rue *des Deux-Ponts.*

Godart, a fait pluſieurs Airs de Guitare.

Grumaille, très-renommé pour le Ciſtre, a fait pluſieurs morceaux de Muſique avec Accompagnement pour cet Inſtrument. Rue *de la Lune.*

GUICHARD (l'Abbé), renommé pour le goût du Chant & la Guitare, a fait pluſieurs Recueils d'Airs variés pour cet Inſtrument. *Cloître Notre-Dame.*

Kruger, Ciſtre de la Comédie Françoiſe.

Lejay, a fait les *Après-Soupés joyeux*, ou Recueil d'Airs variés pour la Guitare.

Leonne,

MUSIQUE.

Leonne, a fait plusieurs Recueils d'Airs pour le Cistre & une Méthode pour la Mandoline.

Levasseur, Maître de Mandoline.

Maillé, Maître de Guitare & de Musique Vocale.

Mareschalchy, a fait plusieurs Quatuor de Guitare.

Mazuchelli, Maître de Mandoline, est Rédacteur d'un Recueil d'Ariettes choisies pour cet Instrument. Place *de l'Ecole*.

MERCHI (de), Maître de Guitare & de Mandoline, connu par plusieurs Sonates & Recueils d'Airs variés & tirés des meilleurs Opéra-Comiques, avec & sans Accompagnement, est Auteur d'une Méthode annoncée sous le titre de Guide des Ecoliers de Guitare, & d'un Traité des agréments de cet Instrument, avec des Instructions claires & des Exemples démonstratifs sur le *Pincer*, le *Doigter*, l'*Arpège*, la *Batterie*, l'*Accompagnement*, la *Chûte*, la *Tirade*, le *Martellement*, le *Trill*, la *Glissade* & le *Son filé*, suivis de plusieurs Airs, dans le dernier desquels sont compris tous les agréments dont cet Instrument est susceptible, dans dix-neuf Variations. Rue *Saint-Thomas du Louvre*.

Migneaux (de), a fait differents Quatuor de Guitare, avec & sans Accompagnement de Harpe.

Paisible, a fait plusieurs Concerto & Recueil d'Airs pour la Guitare.

Pollet, Maître de Cistre, a fait plusieurs morceaux de goût pour cet Instrument. Cloître *Saint-Médéric*.

Royer de Surmont, a fait plusieurs Ariettes, avec Accompagnement de Guitare.

Raboin, a fait plusieurs Recueils variés pour la Guitare.

Ritter, plusieurs Recueils d'Airs choisis pour la Guitare, & une Méthode pour le Cistre.

Schincourt, Maître de Cistre; rue *Montmartre*, *Hôtel d'Uzès*.

Sody, aveugle, excellent Maître de Mandoline. Rue *de Cléry*.

Traetti, a fait plusieurs Airs de Guitare.

Vernier, rue des Boucheries Saint-Germain.

Vegini, a fait des Duo pour la Mandoline.

VIDAL, un des plus célébres & des plus habiles Maîtres de Guitare de l'Europe, a fait une Méthode pour cet Instrument, & plusieurs Œuvres de Duo, Sonates, & Recueils d'Airs, avec des Variations d'un genre savant & digne de l'exécution des plus grands Maîtres.

MUSIQUE.

COMPOSITEURS, VIRTUOSES, AMATEURS ET MAÎTRES DE MUSIQUE POUR LES INSTRUMENS A VENT.

Flûtes, Haut-bois & Clarinettes.

Quelques-uns des plus connus ſont :

M M.

Amé, Maître de Flûte. *Rue du petit Carreau.*

André, excellente Flûte & Haut-bois à l'Opéra, a fait pluſieurs Trio pour ces inſtrumens.

Atys, Maître de Flûte. *Rue des Moulins.*

Bachomed a fait des Duo pour la Flûte.

BAHER, célebre Clarinette, a exécuté au Concert Spirituel pluſieurs Concerto de ſa compoſition, qui lui ont mérité les plus vifs applaudiſſemens.

Beck, pour la Flûte. *Rue de Seine.*

Berault, premiere Flûte de la Comédie Françoiſe, a fait des Duo. *Rue de la Comédie Françoiſe.*

Berault, fils. Rue Mazarine, au café de Viſeux.

BEZZOSSI, premier Haut-bois de la Muſique du Roi, a fait pluſieurs Trio. *A Verſailles.*

Ce Virtuoſe eſt regardé comme le premier qui ait fait entendre ſur cet inſtrument ces ſons délicats & argentins qui touchent & émeuvent & raviſſent l'ame en charmant l'oreille.

Bhere a fait des Duo pour Clarinette & Baſſon.

Biche, Clarinette, attaché au Prince Louis.

Blangis, pour le Haut-bois & la Clarinette. *Rue de Tournon.*

Blavet a fait des Sonates pour la Flûte.

Bonda. Sept Recueils d airs pour la Flûte.

Bullant, a fait des Symphonies à grand orcheſtre, des Duo & pluſieurs Recueils d'airs harmoniques arrangés pour deux Clarinettes, deux Cors-de-chaſſes & deux Baſſons.

Bureau, Haut-bois penſionné de l'Acad. royale de Muſique. *Rue des Boucheries-S.-Germain.*

CAMBINI, Compoſiteur du Concert Spirituel. Trio, Duo, Sonates & Concerto pour Flûte & Haut-bois, d'un genre ſavant & gracieux.

Canal, a fait des Sonates & Duo pour la Flûte.

Capelle, Flûte & Haut-bois. *Rue de la Vieille Monnoye.*

Carbonel, a fait le jeu de Dez harmonique, le Toton harmonique, une Méthode de Clarinette & de Tambourin.

Chamberger, a fait des Concerto de Clarinettes.

Chaparelle, a fait des Duo & Concerto pour la Clarinette & le Cor-de-chaſſe.

Chariere, Maître de Flûte, *Cloître Saint-Honoré.*

MUSIQUE.

CHATEAUMINOIS, premiere Flûte & Tambourin des Variétés amusantes. *Rue de Grenelle-S.-Honoré.*

Clément, différens airs détachés pour la Clarinette.

Dejardini, a fait plusieurs Sonates pour la Flûte.

Delusse, a fait des Sonates & une Méthode pour la Flûte.

DEVIENNE, a exécuté au Conc. Spirituel plusieurs Concerto de Flûte de sa composition, *Rue Saint-Honoré.*

Dotel, a fait des Duo pour la Flûte, des Sonates d'étude, &c.

Dubois, pensionné de l'Académie, maître de Flûte & de Haut-bois. *Rue de Cléry.*

DUVERGER, premiere Flûte du Concert Spirituel & de la Comédie Italienne. *Rue du petit Reposoir.*

Eichner. Recueils d'airs variés pour la Clarinette, le Cor-de-chasse & le Basson.

ERNEST, excellent maître de Flûte, & premiere Clarinette du Concert Spirituel. *Rue S. Honoré.*

Evelard, maître de Flûte. *Rue S. Dominique, hôtel de Luynes.*

Ficher, a fait plusieurs Concerto pour le Haut-bois.

Garnier, Flûte & Haut-bois à l'Opéra, a fait une Méthode pour le Clavecin & la Harpe, & une Tablature de Flageolet. *Rue S. Honoré, près la Croix-du-Trahoir.*

Gaspard, Clarinette, a fait plusieurs Quatuor & airs détachés pour cet instrument. *Rue de l'Université, à l'hôtel de Villeroy.*

Gasprocksch, a fait des Duo, Sonates & airs variés pour la Clarinette.

Gaur, a fait deux Recueils d'airs choisis pour la Flûte.

Giordani, a fait plusieurs Trio & Duo pour la Flûte & le Violon.

GRAAF, a fait des Quatuor, Quintetti & Concerto pour la Flûte & le Haut-bois, & a exécuté au Concert Spirituel avec succès plusieurs Concerto de sa composition.

Granier, Œuvres de Sonates pour la Flûte.

Gronemann, Sonates pour la Flûte. *Rue de Grenelle-S.-Hon.*

Gugel, a fait des Duo pour la Flûte.

Hagen, a fait des Duo pour Clarinette.

HARTMANN, ordinaire de la musique de S. A. S. Mgr. le Duc de Saxe, est regardé par les Virtuoses comme un des plus habiles Joueurs de Flûte de l'Europe. On a de lui plusieurs Œuv. de Sonates & Concerto pour cet instrument.

Hetteler, a fait une Méthode pour la Flûte.

Hoffmann, a fait des Symphonies à grand orchestre & Duo pour la Flûte.

Hosbmann, a fait des Quatuor pour deux Clarinettes & deux Cors-de-chasse.

Ibotte, Haut-bois. *Rue de l'Université, hôtel de Villeroy.*

Kaaf, a fait des Sonates pour la Flûte.

MUSIQUE.

Kaar, Œuvres de Symphonies pour la Flûte & Concerto.

Kamel, a fait plusieurs Œuvres de Symphonies, Quatuor, Trio, Duo & Concerto pour la Clarinette.

Klin, Maître de Clarinette. *Hôtel de Condé.*

Krache, Maître de Flûte. *Rue S. Etienne, porte S. Denis.*

Kretlay, Flûte & Haut-bois à la Comédie Italienne.

LEBRUN, célebre Haut-bois, dont on a divers Trio pour la Flûte.

Ce Virtuose s'est fait entendre plusieurs fois au Concert Spirituel avec un égal succès, & a toujours paru étonnant & nouveau dans les choses même qu'il répétoit.

Leloup. Flûte de l'Amb.-Comique. *Rue des Vieilles Garnisons.*

Levasseur, Maître de Clarinette.

Lidarti, a fait des Trio, Duo & Sonates pour la Flûte.

Lidel, a fait des Sonates & Duo pour la Flûte.

Lorenziti, Quatuor pour la Flûte.

Mahaut, a fait des Sonates & une Méthode pour la Flûte.

Martini, est Auteur de plusieurs œuvres de divertissemens militaires pour la Clarinette, le Cor-de-chasse & Basson. *Rue Neuve-Saint-Eustache.*

MICHEL, a exécuté au Concert Spirituel plusieurs Concerto de Clarinette, dans lesquels il a montré un jeu plein de légereté & de délicatesse, un coloris vif & brillant, & fait entendre des sons plein de netteté & filés avec le plus grand art. *A l'hôtel de Villeroy.*

Morigy, a fait des Duo pour la Flûte, le Haut-bois & le Basson.

Mussart, Maître de Flûte. *Rue S. Martin.*

Patoni, a fait des Sonates pour la Flûte.

Pugniani, a fait des Symphonies concertantes, Quintelli, Quatuor, Trio, Duo, Sonates & Concerto pour la Clar.

Péant, excellent Maître de Flûte & de Haut-bois. *Rue de la Vieille Monnoye.*

Pillet, Maître de Flûte, Haut-bois & Clarinette. *Rue du Four-S.-Honoré.*

RAEFFER, Flûte & Clarinette du Concert Spirituel, *au Palais royal, cour des Fontaines.*

Raimond, a fait des Duo & Trio pour la Flûte.

Ralghen, a fait un Recueil d'airs d'harmonie pour deux Clarinettes, deux Cors-de-chasse & deux Basses.

RATHÉ, célebre Clarinette.

A joué au Concert Spirituel plusieurs Concerto de sa composition, dans l'exécution desquels il a montré une vive chaleur de tête, un grand fond de poitrine, & parcouru avec une agilité surprenante & merveilleuse, toutes les dimensions possibles de cet instrument, dont il a l'art de tirer naturellement & sans effort les sons les plus agréables & les plus flatteurs.

RAULT, premiere Flûte de la Musique de la Chambre du Roi, a fait plusieurs Trio.

Ce Virtuose est le premier qui ait trouvé l'art d'enfler & diminuer à son gré les sons naturels sur cet instrument, & de lui donner toute l'étendue, la légereté & les nuances de la voix la plus mélodieuse & la plus agréable. *Rue Saint-Honoré.*

Richard, Basson à l'Opera.

RICHTER, a fait plusieurs Quatuor & Sonates pour la Flûte, & plusieurs Symphonies exécutées au Concert Spirituel avec succès.

Rigel, le jeune. *Rue neuve Saint-Roch.*

ROESER, célebre Compositeur, connu par nombre d'œuvres de Symphonies, Quatuor pour la Clarinette & le Haut-bois, Duo, Sonates & Recueils d'airs variés pour la Flûte, & d'airs d'harmonie pour deux Clarinettes, deux Cors-de-chasse & deux Bassons, avec un Essai d'instruction à l'usage de ceux qui composent pour la Clarinette & le Cor-de-chasse. *Rue Froidmanteau.*

ROSETTI, a fait des Quatuor, Sonates & Concerto pour la Flûte & Cor-de-chasse, & plusieurs Symphonies pour le Concert Spirituel, qui ont été exécutés avec succès.

SALLANTIN l'aîné, premiere Flûte & Haut-bois de l'Opera.

A exécuté au Concert Spirituel plusieurs morceaux de sa composition, dans lesquels on a trouvé que son jeu étoit plein de facilité, de grâce, & avoit une finesse de tact qui rend les sons de ce dernier instrument clairs, transparens & inimitables.

Sallantin le jeune, pour la Flûte. *Rue de Seine, chez le Luthier.*

Sallantin, neveu, *idem.*

Sallard, même maison, *idem.*

Scharff, pour la Clarinette. *Rue des Poulies, chez l'Epicier.*

Schindler, pour la Flûte & le Haut-bois. *Rue du Chantre, hôtel S. Paul.*

Schirmor, a fait des Sonates pour la Clarinette.

Sch[illegible]dt, a fait des Trio & Duo pour la Flûte.

Stam[illegible] (Charles), Quatuor & Concerto de Clarinette.

Taill[illegible], Maître de Flûte, *Rue de la Monnoye.*

Tarade, a fait une Méthode de Principes pour la Clarinette.

Touli, a fait des Trio pour deux Clarinettes & un Basson.

Traversa, a fait des Quatuor, Trio, Concerto, & différens airs variés pour la Clarinette.

WACHTRET, a exécuté au Conc. Spirituel un Concerto sur la Clar. qui lui a mérité les plus vifs applaudissemens par la facilité de son jeu & la netteté des sons qu'il a tirés de cet instrument.

Vagner, a fait des Duo pour la Flûte & Sonates pour la Clar.

Vanderhagen, a fait plusieurs Recueils d'airs choisis pour la Clarinette, tirés des meilleurs Opera-Comiques, Quatuor, Duo, &c. & est Editeur du Journal d'harmonie militaire pour deux Clarinettes, deux Cors-de-chasse & deux Bassons.

Vanderick, seconde Flûte à l'Opera.

Vankal, Quatuor, Trio, Duo & Sonates pour Flûte & Clar.

Veiss, a fait des Trio de Flûte, Violon, Basson, & Solo de Flûte.

Verdini, a fait des Duo pour la Flûte.

Ugel, a fait différens airs pour la Clarinette.

VOGEL, jeune Compositeur du Concert Spirituel, y a fait exécuter un Oratorio & des Quatuor, Trio & Sonates pour la Flûte, qui ont eu le plus grand succès.

WOUDERLICH, seconde Flûte à l'Opera, a exécuté avec succès au Concert Spirituel plusieurs Concerto de sa composition. *Rue des vieux Augustins.*

Cors-de-chasse, & Trompettes.

Braunn, Corps de chasse de l'Opéra & trompette. Rue *Mont-Martre, vis-à-vis le caffé Dauphin.*

Braunn le jeune, Corps de chasse & Trompette. Rue *de Richelieu*, N°.

Caraffe le jeune, Trompette.

Comis, a fait plusieurs Symphonies concertantes & à grand Orchestre, Sonates & Concerto pour Corps-de-Chasse & Violoncel.

Dampierre, a fait plusieurs recueils d'airs Bohémiens & fanfarre pour le Corps-de-Chasse.

Dargent, premier Corps-de-Chasse de la Comédie Italienne. Rue *Pavée Montorgueil.*

Devert, rue Comtesse-d'Artois.

Dumonel, premier Corps-de Chasse à la Comédie Françoise. Rue *de la Comédie Françoise.*

Heina, Corps-de-Chasse & Trompette de la Comédie Françoise. Rue *de l'Université, Hôtel de Villeroi.*

Holluba, Corps-de-Chasse de la Comédie Italienne. Rue *Froidmanteau.*

Lebrun, Corps-de-Chasse. Rue *de l'Université.*

Louis, Corps-de-Chasse de la Comédie Françoise. Rue *des Boucheries S. Germain.*

Mozert, Corps-de-Chasse à l'Opéra.

Nau, Corps-de-Chasse & Trompette à l'Opéra.

Palsa, excellent Corps-de-Chasse. Rue *de Varenne, à l'Hôtel de Monaco.*

MUSIQUE.

PIELTAIN le jeune, éleve du célebre Punto, a exécuté au Concert Spirituel un Concerto de Corps-de-Chasse, avec beaucoup de légéreté & de délicatesse.

Prati, a fait la musique de l'Ecole de la jeunesse, & plusieurs Sonates pour le Corps-de-Chasse, les Tymbales, &c.

PUNTO, célebre Corps-de-Chasse ordinaire de la Musique de M. le Comte d'Artois.

Ce Virtuose a trouvé l'art de vaincre toutes les difficultés de cet instrument, & d'en adoucir les sons. Plusieurs Quatuors, Trio & Concerto de sa composition, qu'il a exécutés au Concert Spirituel, lui ont mérité du Public, à juste titre, des témoignages flateurs de sa satisfaction.

RODOLPHE, premier Corps-de-Chasse de la Musique du Roi, est auteur de la Musique d'*Ismenor*. *L'Aveugle de Palmir*, &c. A Versailles.

Schurff, Corps-de-Chasse & Clarinette à l'Opéra. Rue *S. Honoré, vis-à-vis celle des Poulies.*

SIEBER, premier Corps-de-Chasse à l'Opéra, & Maître de Harpe. Rue *S. Honoré, vis-à-vis l'Hôtel d'Aligre.*

Tiersmied, excellent Corps-de Chasse. Rue *de Varenne, Hôtel Monaco.*

Bassons, Serpens, Timbales & Tambourins.

ANTONI, Basson du Concert Spirituel, a l'art de tirer de cet Instrument sec & lugubre des sons moëleux & agréables.

Boehmer, Basson à la Comédie Italienne.

Caraffe le jeune, Tymbalier.

Carbonet, Tambourin.

Chauvet, Serpent à la Sainte Chapelle.

CHATEAUMINOIS, célebre Tambourin & premiere Flûte des Var. Amus. Rue *de Grenelle, près celle du Pélican.*

Coppeaux, Tymbalier. Rue *Aumaire.*

Damas, Serpent à Notre-Dame.

Dard, Basson pensionné de l'Académie Royale de Musique, a fait les amusemens de Chanteloup, une étude de Flûte, un Recueil d'airs choisis pour les Instrumens des Sonates, pour le Basson, & une méthode ou principe de Musique. Rue *de la Monnoye.*

Denis, Tambourin, *rue des Amandiers, quartier saint Hilaire.*

Deschamps, Serpent à S. Germain-l'Auxerrois.

Descombe, Serpent à la Sainte Chapelle.

Destouches, Basson de la Comédie Italienne. Rue *Plâtriere.*

DEVIENNE, Virtuose distingué, a exécuté au Concert Spirituel alternativement plusieurs Concerto de Flûte &

de Baſſon, avec le plus grand ſuccès. Rue *S. Honoré, vis-à-vis celle de l'Arbre-Sec.*

Duclos, Baſſon à Notre-Dame.

Erneſt, Tymbalier. Rue *S. Honoré, vis-à-vis les Ecuries d'Artois.*

Felix, Baſſon, a fait des Duos différens de Colinette à la Cour, & pluſieurs airs variés pour la Guittarre. Rue *des Poulies.*

Feret, le jeune, Tambourin, *rue de la Calandre, près le Palais, chez le Rôtiſſeur.*

Fournier, Serpent à S. Germain-l'Auxerrois.

Gourier, Baſſon à Notre-Dame.

Gazel, Serpent aux Innocents.

Golvain, Baſſon à l'Opéra. Rue *S. Denis.*

Hibot, Baſſon à Notre-Dame.

Ledel, Tymbalier. *Porte S. Martin.*

Louis, Baſſon du Concert Spirituel. Rue *des Quatre-Vents.*

Lunet, Baſſon à Notre-Dame.

Pariſot, Baſſon à l'Opéra, & Maître de Muſique Vocale. Rue *de la Monnoye.*

Pillet, Baſſon & Haut-Bois, penſionné de l'Académie Royale de Muſique. Rue *du Four S. Honoré.*

Raoul, Baſſon à Notre-Dame.

Rogat, Baſſon à Notre-Dame.

Siret, a fait des Concerto pour le Baſſon.

Tilliet, Baſſon. Rue *de Varenne, Hôtel de Monaco.*

CONCERTS PARTICULIERS.

Acloque, Amateur, tient chez lui les Dimanches & Fêtes un Concerto particulier. Rue *du Harlay au Marais.*

Albaret (Comte d'), Amateur, tient en ſon hôtel des Concerts particuliers très-bien compoſés, où ſe réuniſſent les Virtuoſes & Amateurs d'un mérite diſtingué. Rue *des Martyrs.*

Baage (Baron de) Amateur, tient tous les Vendredis en ſon hôtel, pendant l'hiver, un des plus beaux Concerto particulier de cette Capitalle. Il s'y fait un plaiſir d'admettre tous les Virtuoſes étrangers & amateurs qui déſirent débuter en cette Capitale, ou s'y faire connoître par leurs talens. Rue *de la Feuillade.*

Champion, Maître de Violon, tient chez lui tous les Samedis, dans l'hiver, des Concerts particuliers. Rue *des Vieux Auguſtins.*

MUSIQUE.

Copistes de Musique.

Bailleul, Cloître-Saint-Médéric, maison de M. Gerbet.
Bailly, Copiste du Concert des Amateurs; quai *Pelletier*, N°.
Camouche. rue des Boucheries-Saint-Germain.
Frere, passage du Saumon.
Houbaut, Copiste des Menus-Plaisirs du Roi, & de la Comédie Italienne; place de la *Comédie Italienne.*
Lefevre, Copiste de l'Opéra, rue *Sainte-Appolline.*
Mielle. Copiste de la Com. Franç., rue de *Bourbon-Villeneuve*,
Rahoul, Copiste de la Comédie Françoise; rue de l'*Université*, Hôtel de Villeroy.
Sauvant, Copiste du Concert Spirituel.
Vuiet, Copiste de l'Opéra, rue *Joquelet.*

Editeurs, Graveurs & Marchands de Musique.

Bailleux, Auteur, Editeur & Md. de Musique; rue *S. Honoré.*
Baillon, Editeur & marchand de Musique, rue Neuve des *Petits-Champs-Richelieu.*
Bignon, Graveur & marchand de Musique, place du *Louvre.*
Bureau (le) d'abonnement musical, rue du *Hasard.*
Castagnery (Mlle), marchande de Musique, rue des *Prouvaires.*
Durieu, Editeur & marchand de Musique, rue *Dauphine.*
Frere, Graveur & marchand d'ariettes, contre-danses & pots-pourris; passage du *Saumon.*
Hawal-l'Ecuyer, Correspondant-Général des Spectacles de Province du Royaume, éditeur & marchand de musique, *Cour du Commerce.*
Houbaut, Editeur & marchand de musique, place de la nouvelle *Comédie Italienne.*
Leduc, Edit. & marchand de musique, rue *Traversiere-S.-H.*
Leroy, Grav. & marchand de musique, place du *Palais-Royal.*
Lemenû (madame) & *Boyer*, Mds. de musique, rue du *Roule.*
Michaud, Edit. & Md. de Mus., rue des *Mauvais-Garçons.*
Roulé de la Chevardiere, Editeur & marchand de musique, rue *Saint Honoré*, près l'Hôtel des Américains.
Sieber, Editeur & marchand de musique, rue *Saint Honoré.*
Tarade (madame), Marchand de musique ordinaire de la Reine, rue *Saint Honoré*, près l'hôtel d'Aligre.

Correspondans de Province.

A *Amiens*, Agnès.
A *Angers*, Hudoux.
A *Arras*, Aubry & Legras.
A *Ausbourg*, Lotter.
A *Beauvais*, Gaudet.
A *Blois*, Letourmy.
A *Bordeaux*, Labottiere, freres, Libraires.
A *Bruxelles*, Godefroy.
A *Caen*, Lafontaine, marchand de musique.
A *Cambray*, L'herry, freres.

MUSIQUE.

A *Chartres*, Jouanne.
A *Dijon*, Castoldy.
A *Dunkerque*, Dupont, marchand de musique.
A *Francfort*, Otto, Organiste.
A *Lille*, Agnès.
A *Limoges*, Jean Gilles.
A *Londres*, Longman & Luckey, Cheapside.
A *Lyon*, Castaud, Libraire.
A *Manheim*, Goetz & Comp.
A *Marseille*, Laurent.
A *Meaux*, Prudhonn.
A *Metz*, Marchal,
A *Nancy*, Capry.
A *Nantes*, Hugard de S. Guy.
A *l'Orient*, Duquesnel.
A *Orléans*, Letourmy.
A *Poitiers*, Fatoux.
A *Pontoise*, Renaud.
A *Reims*, Guillot.
A *Rouen*, Guedra.
A *Saumur*, Lepelé.
A *Strasbourg*, Bover, Libr.
A *Tours*, Letourmy, l'aîné.
A *Troyes*, Rolland.
A *Versailles*, Blaizot.
A *Vienne*, Atteria & Comp.

Magasins de papiers rayés pour la Musique.

Costard (veuve), à l'Apport-Paris.
Deslauriers, rue Saint-Honoré.
Leclerc, rue de l'Arbre-sec.
Leroberger, au Bureau d'Indication général.

Tient Fabrique & Manufacture royale de papiers rayés pour la Musique & le service général des Bureaux de Finance, dans laquelle il exécute toute espece de rayeures, d'une maniere aussi exacte que la Gravure, & avec autant de célérité que l'impression, par un procédé mobile & de son invention, qui lui a mérité l'approbation de l'Académie royale des Sciences, avec Arrêt du Conseil & Lettres Patentes enregistrés au Parlement.

Imprimeurs en Taille-douce pour la Musique.

Aubert (veuve), rue Zacharie.
Basset, rue Fromentelle,
Bernard, rue Saint-Jacques, vis-à-vis S. Yves.
Borelly, rue Saint-Jacques, vis-à-vis celle de la Parcheminerie.
Bureux, rue des Mathurins, près la rue Saint-Jacques.
Chouin, rue des Carmes.
Faussret, rue du Plâtre Saint-Jacques.
Hiver, rue de l'Arbre-sec, près la Fontaine.
Parent (veuve), rue de la Pelleterie.
Richomme, Place Maubert.
Thevenard (Madame), rue Saint-Jacques.

Fondeurs de caracteres pour la Musique.

Fournier (veuve), rue des Postes.
Gillet, sur l'Estrapade.

MUSIQUE.

Imprimeurs en Lettres pour la Musique.

Ballard, rue des Mathurins.
Cailleau, rue Saint-Severin.
Grangé, rue de la Parcheminerie.
Quillau, rue du Fouarre.
Simon, pour la grosse musique, &c. Rue *Saint Jacques*.

Luthiers ou Facteurs d'instrumens de Musique à cordes, à chevalet & à cordes pincées.

Bachelier, pour le violon, &c. Place *Baudoyer*.
Chibou, rue de la Grande-Truanderie.
COUSINEAU, Luthier ordinaire de la Reine, un des plus renommés pour la Harpe & la Guitare.

Cet habile Artiste vient d'introduire sur la harpe un double rang de pédales mobiles, au moyen desquelles, sans que l'usage des unes ni des autres devienne plus difficultueux, on peut former à volonté un demi ton *majeur* ou *mineur*, selon l'occurrence, & selon que l'exigent les principes & l'exécution même de la Musique. *Rue des Poulies.*

Deschamp, pour le violon, rue de *Seine*.
Fleury, pour le violon, rue des *Boucheries*, Fauxb. S. Germ.
FREIN, un des plus renommés pour le violon; rue *Montmartre*, cul-de-sac Saint-Pierre.
Kolisker, pour le violon; rue des *Fossés-Saint-Germain*.
Henoc, pour le violon; Fauxbourg *Saint-Antoine*.
Holtzmann, pour la Harpe; Fauxbourg *Saint-Antoine*.
Lafleur, le violon; rue de la *Verrerie*.
Lambert, le violon, rue *Michel-le-Comte*
Lecomte, le violon; rue des *Fossés-Saint-Germain*.
Lefebure, le violon; cimetiere *Saint-Jean*.
Lejeune, le violon; rue de la *Juiverie*.
Louvet, pour le Viol. la Harpe; rue *Croix-des-Petits-Champs*.
Michelot, le violon; rue *Saint Honoré*.
NADERMANN, pour la Harpe & la Guitare; rue *d'Argenteuil*.
NANI, renommés pour le Violon; place du *Louvre*.
Nellesse, pour la Harpe & la Guitare; rue du *Verd-bois*.
Nermel, pour le Violon; rue *Pot-de-fer*
Paris, pour le Violon; rue *Saint Honoré*.
Peroux, pour le violon; place de la *Comédie Italienne*.
Picque, pour le Violon; rue *Plâtriere*.
Prevot, pour le Violon; rue de la *Verrerie*.
Precier, pour le Violon; *Marché-neuf*.
Remi, pour le Violon; rue *Tiquetone*.
Renault, pour la harpe; rue de *Bracq*.
Renaudin, pour le Violon; rue *Saint Honoré*.

MUSIQUE.

SAINT PAUL, le Violon, rue des *Fossés-S. Germain-des-Prés.*

Simon, pour le Violon ; rue de *Grenelle-Saint-Honoré.*

SIMON (veuve), une des plus renommées pour le Violon & la Guitare *Carrefour du quai de l'Ecole.*

Thipanou, pour le Violon ; rue Saint *Thomas-du-Louvre.*

Walter, pour le Violon ; rue de *Bourbon*, porte S. Denis.

Voltoyer, pour la harpe ; carré de la porte *Saint-Denis.*

Zimmermann, pour la harpe & la Guitare ; rue de *Grenelle-S.-Honoré.*

Facteurs d'instrumens à vent.

Amlingue, rue du Chantre.

Delusse, quai Pelletier.

Deschamps, rue de l'Arbre-sec.

LOT, un des plus habiles & des plus renommés pour ces Instrumens ; rue de l'*Arbre-sec.*

LOT, *idem.* A l'Abbaye *Saint-Germain.*

Portaux, rue des Cordeliers.

PRUDENT THERIOT, un des plus renommés ; rue *Dauphine.*

Tortochol, rue du Four-Saint-Germain.

Facteurs d'orgues.

Bebet, rue du Temple.

CLICQUOT, un des plus renommés ; rue des *Enfans-rouges.*

Galerie, rue Neuve-Saint-Laurent.

Larue, cimetiere Saint-Jean.

Miogue, carré Sainte-Genevieve.

Richard, Cloître Saint Honoré.

Somer (Louis), rue Contrescarpe, Luxembourg.

Somer (Antoine), Fauxbourg Saint-Denis.

Facteurs de Cors-de-Chasse.

Cormeri, rue Merciere.

RAOUX freres, les plus renommés ; place du *Louvre.*

Facteurs de Serinettes.

Davrainville, place de Greve.

Norbert Ferry, grande rue du Fauxbourg Saint-Antoine.

Accordeurs de Clavecins & de Piano-Forte.

COUSINEAU, rue des Poulies.

GERMAIN, pour le Clavecin en peau de Buffle ; rue des *Fossés-Saint-Germain.*

Grenot, au Marché-neuf, à la Cage.

Peintre & Doreur de Clavecins & de Forte-Piano.

Doublet, rue Sainte-Anne, au coin de la rue de Langlade.

SPECTACLES.

CONCERT SPIRITUEL.

Le Concert Spirituel se soutient toujours avec succès sous la Direction & par les soins de M. Legros, ci-devant premiere Haute-Contre à l'Opéra, Pensionné du Roi & de l'Académie royale de Musique.

Ce Directeur n'épargne rien pour faire entendre, pendant les vacances des autres Spectacles, la plus belle Musique, tant nationale qu'étrangere, ainsi que les plus célebres Virtuoses; & toujours attentif à entretenir l'émulation parmi les talens, il n'a pas craint de sacrifier son intérêt personnel & d'abandonner, l'année derniere, le produit de quelques Concerts au profit des *Virtuoses* qui se sont fait remarquer avec le plus de distinction.

Les Musiciens qui composent ce Concert étant presque tous tirés de l'Académie royale de Musique & attachés à l'Opéra, nous n'ajouterons rien à ce que nous en avons déjà dit à l'article des plus habiles Musiciens en chaque genre. *Voyez* MUSIQUE.

OPÉRA.

De tous les Spectacles inventés pour l'amusement, il n'en est point de plus magnifique, de plus étonnant, de plus ingénieux & de plus accompli que l'Opera.

Tout ce que la Poësie, la Musique, la déclamation, la Danse & la Peinture ont de plus séduisant s'y réunissent pour flatter les sens, charmer le cœur & enchanter l'esprit; mais ce superbe Spectacle cesseroit bientôt de l'être, si les arbitres de nos plaisirs n'apportoient la plus scrupuleuse attention dans le choix du sujet, l'accord de la musique avec les paroles, & la liaison des danses avec l'action; enfin, dans la convenance des décorations, & généralement dans tout ce qui peut concourir à l'union parfaite qui doit regner entre toutes les parties qui le composent & d'où seul peut naitre l'illusion.

CHANT.

MAITRES DE CHANT.

LASUZE (de), *rue Saint-Anne.*

Premier Maître de chant du *Conservatoire* & des Chœurs de l'Opéra, est chargé de la partie du goût, de la pureté de la diction & de la déclamation, dont il s'acquitte d'une maniere qui ne laisse rien à desirer ni espérer de plus.

PARENT, *rue de la Sourdiere.*

Second Maître de chant des Chœurs, chargé de la partie des rôles. Les progrès rapides de ses éleves suffisent pour justifier ses talens personnels & son aptitude dans l'art d'enseigner le goût du chant.

MÉON, *rue du Chantre.*

Troisieme Maître de chant des Chœurs, & Maître de Solfège du *Conservatoire*, n'est pas moins avantageusement connu par ses talens personnels que par l'art d'enseigner & faire faire à ses Eleves les progrès les plus rapides.

BASSES-TAILLES.

Premiers Sujets exécutant seuls.

LARRIVÉ, *rue de Clichy.*

Possede toutes les qualités nécessaires pour l'emploi important qu'il remplit à l'Opéra. Une Basse-Taille superbe, une figure noble, un jeu plein d'expression, assurent depuis long-tems ses succès; & son nom sera toujours consigné au nombre de ceux qui ont successivement illustré ce Spectacle par la célebrité de leurs talens.

Adjoints.

CHERON, *au Palais royal.*

Joue les premiers rôles. Cet Acteur a reçu tous les dons que la nature peut accorder. La plus belle Basse-Taille, une figure intéressante, une taille majestueuse, & soit à l'Opéra, soit au Concert Spirituel, on l'entend toujours avec la plus vive satisfaction.

LAIS, *Cul-de-sac du Coq.*

Joue les premiers rôles. C'est un des Chanteurs les plus agréables qu'il soit possible d'entendre. Sa voix naturelle, qui est une Basse taille, est si flexible, qu'elle se ploye indifféremment aux plus grandes difficultés, & toujours avec une netteté, une étendue, & un sonore inconcevable. Enfin, pour justifier cette assertion & prouver qu'il sait tirer de sa voix un parti incroyable, il a exécuté un rôle de Haute-contre d'une maniere aussi délicieuse que si réellement c'eût été le diapazon de sa voix.

MOREAU, *Fauxbourg Saint-Martin.*

Chante les premieres Basse-Taille. Cet Acteur est recommandable par la décence de son jeu, par son zele infatigable & par son utilité pour le Spectacle auquel il est attaché.

Doubles.

CHARDINI, *rue de Ventadour.*

Belle Basse-Taille, double les premiers rôles, & donne les espérances les plus flatteuses qu'un travail plus assidu peut facilement & promptement réaliser. Un des premiers Lecteurs de partitions, & doué d'une figure agréable, il ne lui faut, pour ainsi dire, que le desir de plaire au Public, pour se captiver ses suffrages.

DES SAULES, *rue d'Amboise*, n°. 28.

Une belle voix, & les plus heureuses dispositions pour devenir un sujet précieux.

Premier Coriphée chantant dans les Chœurs.

PERÉ, *quai de l'Ecole.*

HAUTES-CONTRES.

Premiers Sujets exécutant seuls.

LAINÉ, *rué Saint-Thomas du Louvre.*

Premiere Haute-Contre de l'Opéra de la plus grande étendue. Cet Auteur, doué d'un physique qui le rend aussi agréable aux yeux qu'intéressant à l'ame, est recommandable, sur-tout par l'excellence de son jeu, qui ne laisse rien à desirer pour la sensibilité, la noblesse & la pureté de la diction.

Adjoints.

ROUSSEAU, *rue de Rouen.*

Acteur charmant pour le jeu & pour la figure, possede la voix la plus fraîche & joue les premiers rôles de Haute-Contre de la maniere la plus satisfaisante.

OPERA.

Doubles.

DUFRESNEY, *rue de Rouen.*

Cet Acteur, doué d'une taille avantageuse & d'une figure intéressante, double les premiers rôles de Haute-Contre avec beaucoup d'intelligence.

MARTIN, *Place de l'Ecole.*

Digne Eleve de M. Parent; double les premiers rôles de Haute-Contre. Sa maniere de chanter, toujours simple, mais prononcée avec un art infini, fait concevoir à son égard les plus flatteuses espérances.

REINGARD, *rue des grands Augustins.*

Double les premiers rôles avec succès.

Premier Coriphée chantant dans les Chœurs.

JALAGUIER, *rue S. Denis, près S. Chaumont.*

CANTATRICES.

Premiers Sujets chantant seuls.

DUPLANT (Mademoiselle), *rue de Richelieu.*

Superbe dans les rôles à baguettes & dans les Reines. Une taille avantageuse, une voix d'une vaste étendue, un jeu plein de noblesse. On ne peut guere réunir à un plus haut dégré les dons de la nature & les perfections de l'art.

LEVASSEUR (Mademoiselle), *rue de Provence.*

Joue les Princesses avec un talent consommé, chante avec une expression infinie. Il n'est pas possible de se mieux dessiner ni de mettre dans son geste plus de graces & de majesté : l'œil est déjà satisfait avant que l'oreille ait eu le plaisir de l'entendre.

SAINT-HUBERTI (Mlle), *Boulev. de la Coméd. Ital.*

Une des premieres Cantatrices de l'Europe & des plus célebres Actrices qui aient jamais paru sur la scene lyrique, est sublime dans tous les rôles, & inimitable dans celui de Didon.

Adjointes.

GAVAUDAN (Mlle) l'aînée, *rue S. Thomas-du-Louvre.*

Joue les rôles de l'Amour & de jeune Princesse. La voix la plus fraîche, la figure la plus intéressante, le jeu le plus expressif, obtient chaque jour à cette Actrice des succès brillans & mérités. Il semble que la nature l'ait formée pour être l'objet des pinceaux de Boucher, la Muse des Poëtes Erotiques, & l'ornement du Théâtre qui la possede.

JOINVILLE (Mlle), *rue Traversiere.*

Joue avec succès les rôles de Reine, & met beaucoup de noblesse & d'expression dans son jeu, d'éclat & d'énergie dans son chant. Le Public desireroit seulement de la voir paroître plus souvent sur la scene.

MAILLARD (Mlle), *Cul de-sac du Coq.*

Joue les premiers rôles de Princesse. Cette Actrice a reçu de la nature toutes les qualités nécessaires pour la rendre un jour une des plus célebres Actrices. Une belle taille, une charmante figure, un port noble, une voix très-étendue & du plus beau timbre, font de grands avantages, & Mlle. Maillard les possede tous : aussi le Public la voit tous les jours avec le plus grand plaisir doubler Mlle. Saint-Huberti, & marcher à grands pas sur les traces de cette célebre Actrice.

Doubles.

AUDINOT (Mademoiselle), *rue Thévenot.*

Double particuliérement les rôles de l'Amour & de jeune Paysanne avec autant de grâce que d'ingénuité.

CASTELLO (Mademoiselle), *Fauxbourg S. Denis.*

Double les rôles de Princesse, & joint à une taille avantageuse une figure charmante, une voix agréable & flexible très-propre pour les airs tendres & légers.

CHATEAUVIEUX (Mademoiselle), *rue S. Martin.*

Superbe voix; double les rôles majestueux & à baguettes, & met dans chacun tout le dégré d'expression & de sensibilité qu'exige la musique imitative & théâtrale.

DOZON (Mademoiselle), *rue des Prouvaires.*

Digne eleve de M. Lais; a débuté dans les rôles de Princesse avec un succès sans égal. Une voix pleine d'expression, un jeu bien senti, de l'énergie, une superbe articulation, & la véritable déclamation dans le récitatif; telles sont les qualités précieuses que possede & qui ont mérité à cette nouvelle Actrice les plus vifs applaudissemens.

GAVAUDAN (Mlle.) cadette, *rue S. Thomas-du-Louvre.*

Double les premiers rôles dans la Bergerie, & y développe un organe brillant & flatteur qui semble toujours conduit & guidé par le goût.

OPERA.

Premieres Coriphées.

GIRARDIN, *rue S. Denis, près le Boulevard.*

THAUNAT, *rue du Temple.*

DANSE.

Maître de Ballets.

GARDEL l'aîné, *rue neuve S. Roch.*

Premier Maître de Ballets. Citer ceux de *Mirza*, de *la Rosiere*, de *Ninette à la Cour*, & de *la Chercheuse d'esprit*, est le plus parfait éloge que l'on puisse faire des talens de ce célebre compositeur.

Premiers Danseurs.

GARDEL cadet, *rue des Petites Ecuries.*

Adjoint à la composition des Ballets. Un des plus célebres Danseurs de l'Europe : doué d'une superbe taille & d'une figure intéressante, est sublime sur-tout dans le genre noble & sérieux, & réunit dans tous ses mouvemens toujours moëleux & bien arrondis, la force, l'à-plomb, la noblesse & les grâces.

VESTRIS, *rue de Choiseul.*

Premier Danseur pour les demi-caracteres, réunit à une taille élégante & une figure intéressante, une vigueur, une souplesse, une élasticité & une légéreté qui ont justifié dans plus d'une Cour de l'Europe que ses talens ne sont ni au-dessous des éloges qu'on lui a prodigués, ni de la célébrité qu'il s'est acquise.

NIVELON, *rue de la Michaudiere.*

Premier Danseur dans le genre comique, est grand Pantomime, & réunit à une très-grande légéreté, une intelligence & une expression qui semblent devoir bientôt caractériser en lui les talens du célebre d'*Auberval* qu'il a remplacé.

Adjoints.

FAVRE, *rue S. Denis, vis-à-vis Saint-Chaumont.*

Doué d'une taille avantageuse, danse avec succès les caracteres nobles & sérieux, & n'est pas moins précieux dans les demi-caracteres.

LAURENT, *rue Verte, Fauxbourg Saint-Honoré.*

Danse avec succès les demi-caracteres, qu'il rend avec autant de légéreté que de naturel & de gaieté.

LEFEVRE, *rue Basse, Fauxbourg du Temple.*

Danse avec succès les comiques & les pâtres.

OPERA.

Doubles.

DEGUEVILLE, *rue S. Martin, près le Boulevard.*

Double avec ſuccès les demi-caracteres.

HUART, *rue Baſſe, Porte S. Denis.*

Double avec ſuccès dans le genre noble & ſérieux.

FRÉDÉRIC, *rue des Petits-Carreaux.*

Double avec ſuccès dans les demi-caracteres & le comique.

Premieres Danſeuſes.

GUIMARD (Mlle), *rue & Chauſſée d'Antin.*

Une des plus célebres Danſeuſes de l'Europe pour les demi-caracteres & la Pantomime, réunit à une taille ſvelte & élégante toutes les grâces & la légéreté. Sa danſe vive & préciſe fait naître la gaieté, & les plaiſirs ſemblent attachés ſur ſes pas.

PÉRIGNON (Mlle), *rue Neuve Saint-Euſtache.*

Premiere Danſeuſe pour le comique. On ne peut unir à la fois plus de vigueur & de moëleux, de vivacité, de brillant, de légéreté & d'à-plomb.

Adjointes.

DORIVAL (Mlle), *rue Pavée Saint-Sauveur.*

Douée d'une figure ſpirituelle, danſe les demi-caracteres avec autant de grâces que de légéreté.

DORLÉ (Mlle), *rue Taitbout.*

Douée d'une taille avantageuſe & d'une figure intéreſſante, danſe avec ſuccès le genre noble & ſérieux.

Doubles.

COULON (Mlle), *rue des Petites Ecuries du Roi.*

Double avec ſuccès le genre noble & ſérieux.

DELIGNY, *rue de Buffault.*

Double les demi-caracteres avec ſuccès.

GARNIER (Mlle), *rue de Bondi.*

Double avec ſuccès le genre noble & ſérieux.

LANGLOIS (Mlle), *rue Mélée.*

Double le comique & le pantomime avec le plus grand ſuccès, & annonce le talent le plus précieux en ce genre.

OPERA.

PHILISBERT (Mlle), *rue du Fauxbourg Saint-Martin.*

Double le comique avec beaucoup de naturel & de gaieté.

SAUNIER (Mlle), *rue de la Lune.*

Douée d'une superbe taille & d'une figure intéressante, double avec succès le genre noble & sérieux.

ZACARIE (Mlle), *rue des Mathurins, Chaussée d'Antin.*

Double les demi-caracteres d'une maniere très-agréable.

OBJETS RELATIFS.

Le Gouvernement qui, de tous, a accordé une protection spéciale à ce Spectacle, lui en a donné une nouvelle preuve par un Arrêt du Conseil d'Etat du 3 Janvier 1784, qui porte établissement d'un CONSERVATOIRE, ou ECOLE ROYALE DE MUSIQUE, de *Chant*, de *Déclamation*, de *Danse*, &c. rue Poissonniere, à l'hôtel des Menus Plaisirs du Roi. Elle tient, excepté les Dimanches & Fêtes, tous les jours de la semaine ; le matin, depuis huit heures jusqu'à une heure, & l'après-dîner, depuis trois jusqu'à cinq heures.

On admet à cette Ecole des jeunes gens des deux sexes, toutefois qu'ils se présentent avec une belle voix, d'heureuses dispositions pour le chant, & qu'ils tiennent à d'honnêtes gens qui répondent de leur conduite & de leur assiduité. Les Sujets ne peuvent être reçus qu'après avoir été présentés à M. *Gosset*, & entendus par tous les Maîtres de Chant & de Musique : & l'ordre le plus sévere regne à cette Ecole, tant du côté du devoir que de celui de l'honnêteté & de la décence.

FÊTES CHAMPÊTRES

Du sieur RUGIERI, Artificier ordinaire de MONSIEUR & de la Ville, rue des Martyrs.

De tous les Spectacles d'été, un des plus agréables est, sans contredit, celui que donne le sieur *Rugieri* tous les Dimanches & Fêtes pendant la belle saison, sous le titre de *Fêtes Champêtres.*

Un jardin orné de bosquets artistement distribués & ornés le soir d'un nombre infini de lampes de différentes couleurs, forment le coup-d'œil le plus séduisant. Un orchestre bien composé fait danser, dans un vaste salon de verdure, huit à dix contredanses à la fois. Ces fêtes sont ordinairement terminées par un superbe feu d'artifice dont les pieces, toujours variées, captivent sans cesse les amateurs par les attraits de la nouveauté & les charmes de la bonne exécution.

THEATRE FRANÇOIS.

Les Comédiens étoient tellement honorés à Athènes, qu'on les chargeoit quelquefois d'Ambassades & de négociations importantes.

L'Angleterre n'a pas même fait difficulté d'accorder à Mademoiselle *Olfids*, & tout récemment au célebre *Garrich*, un tombeau à *Vestminster* à côté de Newton & des Rois.

Il résulte d'une Déclaration de Louis XIII, enregistrée au Parlement en 1641, & d'un Arrêt du Conseil du 16 Septembre 164 , rendu en faveur de *Floridor*, Gentilhomme & Comédien du Roi, que les Comédiens ordinaires de S. M. ne dérogent point, non plus que les Acteurs & Actrices de l'Opera, attendu que ce Spectacle est établi sous le titre D'ACADÉMIE ROYALE DE MUSIQUE.

On sent assez, sans qu'il soit besoin de le faire remarquer ici, combien la loi que nous nous sommes imposée d'écarter de cet Ouvrage toute espece de critique, rend notre tâche pénible, & la plupart de nos notices fastidieuses, même pour ceux qui en sont l'objet. Une espece de malignité naturelle à tous les hommes, fait chérir la critique; & cette malignité est le seul vice peut-être excusable par le bien qui peut en résulter.

Si les grands talens n'excitoient que l'admiration, ils tomberoient bientôt dans la désuétude. Les Arts ne sont jamais plus près de leur décadence, que lorsque l'homme n'aborde plus l'Artiste que l'encensoir à la main. C'est une vérité, nous la sentons, mais nous nous sommes fait un plan de présenter les Artistes tels qu'ils sont réellement, pris chacun, toutefois, sous l'aspect le plus avantageux.

C'est aux Amateurs éclairés, aux Artistes même, à nous guider dans la nouvelle carriere que nous avons embrassée. Nous ne voulons être que l'écho fidele de la renommée; & cet emploi, nous l'avouons, seroit pour nous bien agréable, si nous avions toujours des motifs aussi plausibles que dans ce moment ci.

ACTEURS.

BELLEMONT, *rue des SS. Peres.*

Cet excellent Acteur joue les rôles de Payſans avec tant de naïveté qu'on peut le placer au nombre de ceux qui, depuis l'établiſſement du Théâtre François, ſe ſont le plus diſtingués dans ce genre, dont la ſimplicité & la nature font tout le mérite. La moindre charge en effet rendroit ce rôle inſoutenable; auſſi M. Bellemont n'employe-t-il jamais ce moyen qui décéle communément l'impéritie du Comédien, & toutefois il amuſe, intéreſſe & fait rire. Son jeu annonce une ame pure, une franchiſe agreſte, un cœur ſenſible; & véritablement il poſſéde toutes ces qualités qui le rendent cher à ſes amis.

BRIZARD, *rue Saint-Dominique, au gros Caillou.*

Ce célébre Comédien eſt peut-être le ſeul exemple où l'on ſoit véritablement embarraſſé de décider qui des deux l'emporte ou de la nature ou de l'art. Ce que l'on peut aſſurer c'eſt que ſi leurs dons indépendans l'un de l'autre s'étoient répandus au même degré ſur deux individus différens, on auroit encore deux acteurs excellens par les qualités qu'il réunit en lui ſeul.

La figure la plus heureuſe, une taille riche, la plus belle chevelure, un ſuperbe organe, une mémoire imperturbable, l'ame la plus ſenſible: voilà *l'ouvrage de la nature.*

La diction la plus pure, les termes les plus nobles, les geſtes les mieux développés, chacun de ſes mouvemens formant un tableau deſſiné par les graces: voilà *les dons de l'art.*

La majeſté de ſon phyſique lui déſignoit le trône; la chaleur de ſon ame l'appelloit à l'emploi des peres. Quelle nobleſſe dans Mitridate! Quelles entrailles dans le *Pere de famille*! Sublime dans ces deux ſituations, & de Pere & de Roi, il eſt encore inimitable, lorſqu'elles ſe réuniſſent enſemble, comme dans *Brutus*, *Venceſlas*, &c. La main de l'âge, qui prépare nos regrets, en ſillonant ſon front, loin de nous accoutumer à une privation cruelle, mais inévitable par l'altération graduelle de ſes talens, ſemble au contraire lui donner un vernis plus brillant, une efferveſcence plus marquée. Puiſſe-t-il par la longueur de ſa carriere imiter le célebre *Baron*, autant qu'il l'a ſurpaſſé par ſes talens, & reculer ainſi l'inſtant cruel que nous prépare ſa retraite par l'extrême difficulté, pour ne pas dire l'impoſſibilité de la réparer.

THÉATRE FRANÇOIS.

COURVILLE, double M. DESESSARTS dans les rôles à manteau & dans l'emploi des grimes, *rue S. André-des-Arts*.

DAZINCOURT, *rue des Fossés M. le Prince*.

Joue les comiques avec un succès mérité. Point de charge, de la décence, de la finesse dans le masque & dans l'expression, de l'agilité & de la grâce dans les mouvemens. Un certain air de ressemblance avec M. Préville semble ajouter une nuance de plus à l'interêt qu'il inspire au Public. On trouve avec plaisir quelques traits d'analogie entre l'homme de mérite & le grand homme.

DESESSARTS, *rue de Vaugirard, n°.* 121.

Joue les Rôles à Manteau, & s'en acquitte avec une vérité & une intelligence inestimable. Il a une bonhomie précieuse dans les maris dupés, un astuce piquant dans les Tuteurs Jaloux, une inquiétude bien sentie dans les Vieillards soupçonneux; & l'on peut dire qu'il possede parfaitement la tradition de Moliere; il a toujours fait le plus grand effet dans le Commandeur du Pere de Famille, le Bourru bienfaisant & le Comte de Bruxal des Amans généreux.

DORIVAL, *rue de Moliere*.

Joue les Raisonneurs dans la Comédie, & les rôles à récit dans la Tragédie. De l'ame, de l'énergie & une superbe diction sembloient lui promettte une carriere plus brillante, si un peu d'embarras dans la prononciation ne s'étoit pas opposée autant à sa gloire qu'aux plaisirs du public.

Le récit de *Theramenne*, le chef-d'œuvre de la Poésie, & l'écueil des Confidens, est un de ses triomphes.

DUGAZON, *quai des Théatins, à l'hôtel de Bouillon*.

Cet Acteur joue les Comiques avec succès. Une grande gaieté, une bouffonerie qui lui est particuliere, le rendent agréable au public qui le voit toujours avec plaisir.

Né avec toutes les qualités nécessaires pour l'emploi qu'il remplit, il a peut-être été quelquefois au-delà de ce qu'un talent consommé comme le sien peut se permettre; mais le desir de plaire au public en général est un motif puissant qui doit tout faire excuser, & c'est un droit qu'il s'est acquis.

DUNANT, *rue des Fossés M. le Prince*.

Une jolie figure, une taille avantageuse l'ont destiné aux rôles de jeunes Amoureux, dans lesquels il annonce d'heureuses dispositions.

THÉATRE FRANÇOIS.

Fleury, *rue des Fossés M. le Prince*, double M. Molé dans l'emploi des jeunes premiers.

Un jeu plein de décence, une diction pure, l'intelligence de la scene rendent cet Acteur recommandable dans la Tragédie & la Comédie : mais ce qui le rend plus estimable encore, c'est le peu de prétention qu'il paroît avoir, & une modestie qui a redoublé souvent les applaudissemens que le public accordoit à la supériorité de son expression.

Le talent du Théâtre est un héritage qu'il partage avec une sœur estimable (Madame Sainville) qui depuis long-tems joue avec succès les premiers rôles sur les Théâtres des grandes Villes & des Cours étrangeres. M. Fleury leur pere, long-tems Directeur à Nancy, s'est acquis de la réputation dans les rôles à manteau.

Florence, *rue Guénégault.*

Joue les Confidens dans la Tragédie, & les seconds rôles dans la Comédie.

Larive (de), *rue S. Dominique, au gros Caillou.*

Un des premiers Acteurs tragiques de l'Europe. Une superbe figure, un organe sonore, une diction pure, une ame de feu : tel est M. de Larive. Eléve de Mlle. Clairon, successeur de Lekain, sont des titres pesans qu'il soutient avec gloire. Nous ne serions coupable envers lui d'aucune injustice, en ne rendant compte que de ses talens ; mais nous devons à ses amis l'éloge de son cœur. Il est beau de rendre son nom, pour ainsi dire, inhérent à la gloire du grand Corneille, on oubliera peut-être l'Acteur qui jouoit *Cinna* avec tant de supériorité ; mais l'on n'oubliera pas l'homme qui a fait preuve d'un respect si généreux pour la niece du pere de la Tragédie. Inimitable pour le talent, précieux pour les qualités sociales. Il est encore estimable dans les lettres qui lui doivent *Pyrame & Thisbé*, scène Lyrique dont il est Auteur ; nous acheverons l'esquisse d'un portrait qui n'est point flatté, en le louant d'être bon époux. C'est un devoir dans la société ; mais dans un état, par nature, un peu licencieux, c'est un mérite rare.

Marsi, Acteur à pension, *rue des Boucheries S. Germain.*

Joue les Confidens dans la Tragédie, & les Accessoires dans la Comédie.

THÉATRE FRANÇOIS.

MOLÉ, *rue du Sépulchre..*

Cet Acteur, inimitable dans les petits Maîtres, & en général dans tous les rôles dont il se charge dans la Comédie, est d'une sensibilité rare dans le Drame, & a créé les rôles de *Beverley*, de *Saint-Albin*, de l'*Orphelin Anglois*, de *Desronais*, &c. Il a de même un mérite réel dans la Tragédie. Personne n'a mieux joué *Seide*, *Illus*, *Hamlet*, &c. En nommant cet Acteur si souvent, & si justement loué, ce n'est que rappeller son éloge dans la bouche du public qui ne se lasse point de le faire.

PRÉVILLE, *rue d'Enfer, porte S. Michel.*

Ce célebre Comédien, dont une carriere de plus de 30 années n'a point encore flétri les lauriers, joue avec tant de finesse, de naturel, fait composer sa figure, son maintien, & connoît si bien l'art du Théâtre, qu'un seul geste lui suffit pour exprimer une pensée ou rendre une scene agréable; c'est sur lui que les yeux de l'immortel *Garrick* se sont fixés dans son voyage en France. Il est de notre destinée d'offrir aux Anglois des rivaux redoutables partout; les plaisirs même n'en sont point exempts; & si notre caractere national eût pu s'accoutumer à voir *Larissole* métamorphosé en *Brutus*, nous aurions notre *Garrick* & l'avantage sur nos voisins de le posséder encore.

SAINT-PRIX.

A débuté avec succès dans les premiers Rôles au Théâtre François, où il est resté, & où il joue avec un talent marqué les différens rôles dont il est chargé, & dans lesquels il soutient par de nouveaux progrès l'opinion avantageuse que le Public avoit conçu de ses talens.

VANHOVE, *rue de Moliere*, double M. BRIZARD dans l'emploi des Rois & des Peres nobles, & le double avec succès.

Une belle figure, un superbe organe, un jeu décent, lui ont mérité la bienveillance du Public. Obligé de lutter avec un rival qui a tant de droits à la célébrité, il l'a fait avec une modestie & une persévérance dignes de louanges, & qui auroient dû plutôt lui mériter la justice qu'on lui rend aujourd'hui. On juge presque toujours par comparaison, & c'est une injustice, puisqu'il est différens moyens d'arriver à la perfection. Louer les talens avec le langage de la vérité, voilà la tâche que nous nous sommes imposée; elle est douce, quand les circonstances nous permettent de les féliciter sur les lauriers qu'ils moissonnent, & dont la culture a été lente.

ACTRICES.

BELLECOURT (Madame), *rue de Tournon.*

Sublime dans les Servantes de *Moliere*, & en général excellente dans toutes les Soubrettes. C'eſt la gaieté la plus franche & la plus naturelle. Perſonne n'a pouſſé auſſi loin qu'elle l'art de rire à la ſcene, talent plus difficile qu'on ne croit.

Elle réunit à ce mérite le débit le plus léger, le geſte le plus fin, le goût le plus exquis & le jeu le plus décent. Elle eſt de même infiniment précieuſe dans les Payſannes & les Femmes à prétention de *Dancourt;* & par un contraſte bien piquant, c'eſt que ſi c'eſt la Bourgeoiſe la plus ridicule dans Madame *Patin*, c'eſt la femme du meilleur ton dans la petite Maîtreſſe de l'Amant Bourru.

Nous ne prétendons rien ajouter par cette notice à la gloire de cette Actrice qui eſt depuis long-tems au-deſſus des éloges. Notre but n'eſt que de rappeller au public les inſtans heureux qu'il a paſſés à l'entendre, & d'engager les étrangers à aller voir au Théâtre François une des premieres Comédiennes de l'Europe.

COMTAT (Madem.), *rue des S.-Peres, près la rue Taranne.*

C'eſt *Thalie* pour le jeu; c'eſt *Euphroſine* pour la tournure; c'eſt *Hebé* pour la jeuneſſe. Pour le public, c'eſt ſon idole; pour la ſcene, c'eſt ſon eſpoir; pour les Auteurs, c'eſt leur conſolation.

DUGAZON (Mademoiſelle), *rue des Foſſés M. le Prince.*

Joue les Soubrettes avec intelligence, & d'une maniere ſpirituelle & agréable.

FANNIER (Mademoiſelle), *rue*

Cette charmante Comédienne joue les Soubrettes. Il n'eſt pas poſſible de mettre dans cet emploi plus de fineſſe, plus d'aſtuce, plus de légéreté, plus de connoiſſance de la ſcene. Elle joint à tous ces dons une mine enchantereſſe, un œil de la plus fine expreſſion, un geſte plein de graces. Le public, qui la voit toujours trop rarement à ſon gré, lui témoigne chaque fois le plus vif intérêt & la plus grande ſatisfaction.

LACHASSAIGNE (Madame), *rue de Vaugirard.*

Joue les grandes Confidentes dans la Tragédie, & les caracteres dans la Comedie; elle met dans les premiers beaucoup de décence, & une vérité peu commune dans les ſeconds.

Olivier (Mademoiselle), *rue de Condé.*

Une figure agréable & ingénue, une ame ſenſible & des diſpoſitions flatteuſes la ſont remarquer avantageuſement parmi les jeunes ſujets que le Théâtre François a acquis depuis pluſieurs années.

Préville (Madame), *rue d'Enfer, porte S. Michel.*

Si le talent des Comédiens pouvoit ſe tranſmettre à la poſtérité comme les réſultats des autres arts, celui de cette célebre Comédienne ſerviroit à fixer les idées des races futures ſur l'hiſtoire des mœurs des femmes de la haute élégance du dix-huitieme ſiecle. Elle eſt effectivement, dans ſes différens rôles, la femme du meilleur ton, la petite Maîtreſſe de la plus haute qualité, la Coquette la plus noble dans le Comique de caractere, la femme la plus ſenſible dans le Comique larmoyant, la Bourgeoiſe la plus ridicule dans le Comique de *Dancourt*. Les Pieces vieilliſſent, mais l'Actrice ne vieillit point; c'eſt toujours par la miſe & par le jeu, le ridicule & l'uſage du jour qu'elle nous peint. Enfin, chaque Piece où cette célebre Comédienne joue, a, par la magie de ſon talent, le charme d'une premiere repréſentation.

Raucourt (Mademoiſelle).

On ne peut la nommer ſans que l'enthouſiaſme ne ſe réveille. Il n'en eſt pas, peut-être, deux exemples depuis l'établiſſement du Théâtre François; & dans l'hiſtoire de ce Théâtre, on citera les débuts de Mlle. Raucourt comme l'on cite aujourd'hui l'incroyable ſuccès de *Timocrate*. En effet, jamais la beauté ne prouva mieux qu'alors l'empire deſpotique qu'elle a ſur les hommes. Ce n'étoit certainement pas la Didon de M. de *Pompignan*, c'étoit la Didon de Carthage; elle a ſoutenu depuis le poids des réputations trop rapides, & c'eſt beaucoup. Le preſtige s'eſt évanoui, c'eſt ſon talent que l'on juge aujourd'hui. Il eſt beau de conſerver les applaudiſſemens lorſque les têtes ſont réfroidies. Sa carriere reſſemble à celle des héros, leur premier âge appartient à la renommée, & leur maturité à la gloire.

Sainval (Mademoiſelle) cadette, *rue de la Harpe.*

C'eſt dans cette charmante Actrice que la ſenſibilité déploie toutes ſes richeſſes. Quel pere ne voudroit avoir *Antigone* pour fille? Quel amant ne voudroit avoir *Lanaſſa* pour maîtreſſe? Quel enfant ne voudroit *Andromaque* pour mere? Et quel homme ne ſe rappellera avec délice les larmes qu'elle lui a arrachées ſous ces différens aſpects! On la voit avec enthouſiaſme, on la nomme en ſoupirant. Comme la nature avoit partagé tous les talens tragiques entre les deux Sœurs, elle a suivi dans cette distribution les nuances de l'âge. Plus d'âpreté dans le jeu, plus de vigueur dans les moyens étoient le caractere de la premiere; plus de pathétique dans la diction, plus de douceur dans les douleurs annonçoient l'âge le plus tendre; plus Mlle. Sainval cadette déploye de talens, plus l'on se souvient de sa sœur; & ce n'est peut-être pas pour elle un des triomphes le moins flatteur que d'entendre toujours le nom de cette sœur chérie se mêler aux applaudissemens que mérite son talent sublime, chaque fois qu'elle paroît sur la scene.

SUIN (Madame), *rue de Tournon.*

Joue les Confidentes à récit, & a joué avec succès les premiers rôles sur les Théâtres des premieres Villes de Province dans la Comédie & la Tragédie. On lui doit la justice de dire qu'après Madame Préville, c'est peut-être l'Actrice qui ait le mieux rendu Madame *de Clainville* dans la *Gageure*, & qui mette le plus de vérité dans sa diction.

THENARD (Mademoiselle), *rue de Condé*, N°. 7.

A débuté deux fois aux François, & a été reçue à la seconde. On trouve en cette Actrice tout ce qui présage les grands talens tragiques & peut donner lieu d'espérer qu'elle placera son nom parmi les femmes qui ont illustré la scene.

VESTRIS (Madame), *rue des petits Augustins.*

Cette célebre Actrice réunit dans un dégré éminent les qualités essentielles à l'art qu'elle professe.

Une superbe figure, le geste le mieux arrondi, les contours les plus gracieux, une fierté pleine de noblesse, une diction vraie. Si elle est intéressante dans les rôles tendres, elle est sur-tout sublime dans ceux où l'élévation l'emporte sur les foiblesses de l'amour. Mais pour apprécier la sublimité de son talent, il faut la voir dans *Alienor*, *Rodogune*, *Emilie*, &c. Parmi les rôles qu'elle a créés d'une maniere précieuse, on ne doit pas oublier celui de *Gabriele de Vergi*, qu'elle rend de la maniere la plus théâtrale, la plus énergique & la plus terrible.

THÉATRE FRANÇOIS.

Supplément au Théâtre François.

ACTEUR.

Saint-Fal, *rue de Condé.*

Digne éleve de M. *Préville*, joue les jeunes Premiers dans le Tragique, & les Amoureux & les Petits-Maîtres dans le Comique. Ce jeune Acteur met dans ces deux genres tant de naturel, d'expression & de sensibilité, qu'il fait passer dans l'ame du Spectateur tous les sentimens dont il paroît lui-même agité.

ACTEURS A PENSION.

Champville, *rue des Fossés M. le Prince.*

Joue avec intelligence les Crispins & les rôles que jouoit M. *Bouret*. Il fait plaisir dans les uns & dans les autres, & l'on espére qu'avec beaucoup d'étude, de travail & d'usage, son talent peut un jour devenir très-agréable au Public.

Dunant. *Voyez sa Notice d'autre part.*

Gerard, *rue des Cordeliers.*

Joue les rôles à manteau. Un débit naturel, beaucoup de bonhommie & de vérité dans son jeu, & une grande habitude du Théâtre, sont les qualités qui l'ont fait goûter du Public qui le voit toujours avec plaisir.

Larochelle, *rue Mazarine.*

Joue les Valets à grande livrée. Cet Acteur a reçu de la nature tous les dons nécessaires pour faire un excellent comique. Une taille avantageuse, un masque piquant, de l'intelligence & de la finesse, donnent lieu d'espérer que le tems & une étude assidus développeront bientôt en lui ses heureuses dispositions & le germe d'un talent précieux.

Marsi. *Voyez sa Notice d'autre part.*

Naudet, *rue de Tournon.*

Joue les Rois & les Peres nobles. Un talent qui semble n'appartenir qu'à lui. Le naturel, la noblesse & la sensibilité qu'il met dans son jeu, lui ont mérité le suffrage de la Province, & lui ont acquis une réputation, dont il n'a rien perdu en paroissant sur le Théâtre de la Capitale.

ACTRICE.

Joly (Mademoiselle), *rue d'Enfer.*

Joue les rôles de Soubrette. Nous trouvons l'éloge de cette jeune Actrice dans une lettre du 30 Décembre 1784, adressée par M. Palissot, aux Auteurs du Journal de Paris, à l'occasion du rôle de *Constance*, qu'elle venoit de jouer dans la Tragédie d'*Inès*, rôle ingrat, dit cet Ecrivain célebre, dans lequel, avec le seul mérite d'une diction pure, correcte, noble & sensible, elle fut applaudie généralement & avec le plus grand enthousiasme. Il ajoute que ce succès fut d'autant plus remarquable, que l'emploi de cette charmante Actrice est de jouer les Soubrettes, & que depuis Mlle. *Dangeville*, il n'a vu personne s'en acquitter avec plus d'intelligence & de finesse. On sent de quel poids est cet éloge de la part d'un homme dont les jugemens en matiere de goût sont regardés comme des décisions & qui doit si bien se connoître en Comédie.

Nous nous permettrons de remarquer encore à la gloire de Mlle. *Joly* qu'aucune Actrice ne s'est distingué par un plus grand zele pour se rendre utile à la Société. On lui a vu jouer les rôles en apparence les plus incompatibles avec son emploi, tels que ceux d'*Agnès* dans l'*Ecole des Femmes*, de *Nanine*, de la *Jeune Indienne*, &c. Et il n'en est point où le Public ne l'ait accueillie avec fureur. Une variété de talens, si rare dans une Actrice de vingt-deux ans, donne l'espoir d'un avenir plus brillant encore ; & ce n'est qu'à des Sujets aussi précieux pour le Théâtre, qu'on ne sauroit trop prodiguer la louange & les encouragemens.

ACTRICES A PENSION.

LAVAUX (Mademoiselle), *rue de Corneille.*

Joue les Amoureuses d'une maniere très-agréable. Cette Actrice, quoique très-jeune, a déjà beaucoup de connoissance de la scene, & joint à une taille élégante, une figure piquante, une intelligence & une sensibilité qui, avec de l'étude & du travail, doivent lui faire espérer le plus grand succès dans l'emploi des grandes Coquettes.

LAURENT (Mademoiselle), *rue des Fossés M. le Prince.*

Joue les rôles d'ingénuité avec beaucoup de naturel.

MAÎTRE DES BALLETS.

DESHAYES, *rue Notre-Dame des Victoires.*

Maître des Ecoles de danse de l'Académie royale de Musique & Maître de Ballets du Théâtre François, compose tous les divertissemens analogues à ce Spectacle avec une intelligence qui fait regretter que le Théâtre François ne lui présente pas de plus fréquentes occasions de développer son talent. Il est encore doublement précieux par l'ensemble & la précision des manœuvres des gardes nombreux qu'exige dans les Tragédies la pompe théâtrale : lui seul en dirige la marche, & cette partie du Spectacle est parfaitement soignée.

THÉATRE ITALIEN.

Ce Spectacle, dont la majeure partie des Pieces étoit autrefois jouée en Italien, n'est composé maintenant que de Pieces Françoises dialoguées ou de Pieces en chant d'arrietes & à Vaudevilles, vulgairement appellées Opera-Comiques.

Les Comédiens Italiens ordinaires du Roi ont cru devoir exercer pour les Auteurs qui travaillent pour leur Spectacle, un acte de justice & de reconnoissance qui fait honneur à leur désintéressement, en leur accordant à l'avenir, pendant leur vie, même portion dans la recette chaque fois qu'elles feront jouées, que celle qui leur étoit accordée aux premieres représentations. Cette récompense, quoique juste en elle-même, devient pour eux un nouveau motif d'émulation qui ne peut tourner qu'au profit du Public & des Comédiens.

ACTEURS.

CAMERANI, *rue de Favart.*

Cet Acteur, qui a été appellé d'Italie en 1767 pour jouer les rôles d'Amoureux & de Scapin, dont il s'est acquitté à la satisfaction du Public pendant plus de dix années, est maintenant chargé de la régie générale de ce Spectacle, dont il s'acquitte pareillement avec un ordre, une intelligence & une exactitude qui lui ont mérité à juste titre les suffrages & la confiance dont il jouit.

CHENARD, *rue Favart.*

Belle Basse-Taille; a débuté avec agrément au Concert Spirituel & à l'Opéra en sortant de Bruxelles, & s'est fixé aux Italiens, où il est vu avec grand plaisir.

CLAIRVAL, *rue Chanterenne.*

Ce célebre Comédien, plein de noblesse dans le jeu, d'élégance dans la taille, d'agrémens dans la figure, & de décence dans le maintien, joue les premiers rôles dans la Comédie avec la plus grande finesse & l'intelligence la plus profonde. Premiere Haute-Contre dans les Opera-comiques, il exécute pareillement la partie musicale avec un art infini, & fait tirer le parti le plus avantageux de la voix agréable dont la nature l'a doué.

THÉATRE ITALIEN.

COURCELLES, *rue Taitbout.*

Joue les premiers rôles de Pere noble dans la Comèdie avec succès, & double quelquefois le même emploi dans l'Opera-comique.

DORSONVILLE, *rue Saint-Lazare.*

Cet Acteur joint à une des plus belles Haute-Contre qui ait été entendue depuis long-tems sur ce Théâtre, un goût exquis & une parfaite connoissance de la Musique, qui lui méritent chaque jour du Public les plus vifs applaudissemens.

FAVART, *rue Grange-Bateliere.*

Joue les Peres & les rôles à manteau. Cet Auteur agréable fait revivre en lui, par ses Ouvrages, les travaux des auteurs de ses jours, dont le nom seul est un éloge.

GRANGER, *Boulevard Saint-Marc.*

Joue les premiers rôles d'amoureux. Cet Acteur charmant, après avoir fait long-tems les délices de Bordeaux, est venu recevoir en cette Capitale les applaudissemens dus à un talent consommé. Chaque jour il se montre plus intéressant, & cause toujours une nouvelle satisfaction.

MENIER, *rue Buffaut.*

Joue les rôles de Basse-Taille. Un beau timbre & une figure avantageuse, ajoutent un charme de plus à la noblesse & à la décence de son jeu. Il est superbe dans le *Déserteur*, & n'est pas moins intéressant dans la Comédie, où il joue parfaitement les rôles de Paysans & les Valets à grande livrée.

MICHU, *rue Favart.*

Ce jeune Acteur, qui double M. Clairval, réunit au talent le plus marqué la figure la plus intéressante. Joli Comédien, Chanteur agréable & grand Musicien, il a tout ce qu'il faut pour plaire, & plaît infiniment. Il est sur-tout délicieux dans *Alcindor*, dans le *Magnifique*, & possede toutes les qualités requises pour les *Colins* dans le genre d'Opera qu'ont fait revivre MM. *Piis* & *Baré*.

NARBONNE, *rue Feydeau.*

Excellent Musicien, chante avec un succès mérité les premieres Basse-Tailles. Sa voix est très-sonore & infiniment flateuse dans les tons graves. Il joue les rôles à *tabliers* avec une vérité peu commune, sans que cela ôte rien à l'intérêt qu'il met dans les rôles plus pathétiques, dans lesquels le Public le voit toujours avec un vrai plaisir.

THÉATRE ITALIEN.

PHILIPPE, *rue Grange-Bateliere.*

Cet Acteur, doué d'une riche taille, d'une figure intéressante & d'une voix agréable, joue les Amoureux & annonce chaque jour de nouveaux progrès.

RAIMOND, *rue Favart.*

Cet agréable Comédien, après avoir joué quelque tems sur le Théâtre François, s'est fixé au Théâtre Italien, où il joue les jeunes Amoureux dans la Comédie, & les Pierrots dans les Pieces à Arriettes, & reçoit en chaque genre des applaudissemens justement mérités.

ROSIERE, *Fauxbourg Montmartre.*

Grand Musicien & bon Acteur, jouit de la plus haute réputation dans les *Laruette.* Après avoir reçu long-tems en Province, & sur-tout au Théâtre de Bordeaux, les applaudissemens les mieux mérités, il est venu donner à son talent sur le Théâtre de la Capitale, & le dernier dégré de perfection dont il étoit susceptible, & la véritable récompense qui lui étoit due.

THOMASSIN, *rue Bergere.*

Joue les *Laruette* avec un talent distingué. On ne peut mettre plus de gaieté, de naturel & de comique dans les rôles travestis & de Paysans.

TRIAL, *rue & Café de Favart.*

Ce Comédien, infatigable par son travail, fait le plus grand plaisir dans les Haute-Contre, il est sur-tout infiniment agréable & intéressant dans l'espece de genre niais qui lui est particulier. Il n'est pas possible en effet d'être plus précieux que lui dans le Pierrot du *Tableau parlant*, dans Lafleur des *Evénemens imprévus* : aussi dit-on aujourd'hui jouer les *Trial* comme on dit jouer les *Laruette* ; & c'est, sans contredit, le comble de l'art, que de parvenir au point d'être cité & pris pour modele dans son emploi.

VALLEROY, *Place de la Comédie Italienne.*

Tient l'emploi des comiques à grande livrée. Une grande vérité, une taille avantageuse, une parfaite connoissance du Théâtre, & une finesse de tact singuliere, le rendent précieux dans son emploi & très-agréable au public.

THÉATRE ITALIEN.
ACTEURS A PENSION.

Corali, *rue Saint-Lazare.*

Joue les premiers rôles d'Arlequin dans la Comédie & différens emplois dans l'Opéra-comique. Une étude particuliere, un travail assidu, & le desir ardent de plaire au public, lui font faire des progrès sensibles qui lui méritent chaque jour de nouveaux témoignages de sa satisfaction.

Dufrenoy, *rue de Marivaux.*

Belle Basse-Taille; joue les rôles de Pandolphes dans l'Opera-comique, &c.

Perigny, *rue Grange-Bateliere.*

Une figure interessante & du talent, joue les rôles à manteau dans la Comédie.

ACTRICES.

Adeline (Mademoiselle), *rue Royale, Chaussée d'Antin.*

Sœur de Mademoiselle Colombe, joue les Amoureuses, & réunit à une jolie figure & à une taille élégante, une voix & des talens dont nous ne pouvons donner une idée plus flatteuse, qu'en indiquant son portrait peint sous les traits les plus ingénieux dans un Romance délicieuse que l'on a de M. le Baron de Thschoudy.

Burette (Mademoiselle), *rue de Menars.*

Une des plus agréables Cantatrices, fait tour à tour les plaisirs du Concert Spirituel & du Théatre Italien par la maniere de chanter la plus séduisante.

Carline (Mademoiselle), *rue des Mathurins.*

Douée de la figure la plus agréable, joue les jeunes Amoureuses, les Soubretes & les Petites-Filles avec succès. Elle est sur-tout inimitable dans les rôles d'ingénuité.

Colombe (Mademoiselle), *Boulevard d'Antin.*

Aussi belle pour le physique que superbe pour le chant, elle a su, par sa maniere expressive, prêter dans la musique, à la Langue Françoise tout le charme de l'idiome Italien. On n'a point d'idée de la *Colonie* quand on n'a point vu Mademoiselle Colombe dans *Bélinde*.

THÉATRE ITALIEN.

Desbrosses (Mademoiselle), *rue Favart.*

Bonne Muficienne, joue les jeunes Amoureufes & les Petites-Filles dans les Pieces à Arriettes.

Desforges (Madame), *rue d'Amboife.*

Une taille avantageufe, une belle figure & une voix agréable : joue les Duegnes dans l'Opera-comique avec un zele & une exactitude fans exemple.

Dufayelle (Mad.), *rue des Martyrs.*

Une taille élégante & une figure intéreffante : joue l'emploi des Betfy avec une fineffe & une ingénuité peu commune.

Dugazon (Madame), *Boulevard Saint-Marc.*

Délicieufe Comédienne, chante & joue avec un égal dégré de fublimité. Il faudroit nommer cent Pieces pour donner une idée de fon talent ; mais la tâche feroit vaine, fi on ne l'a pas vu dans les rôles de *Marine*, de *Babet*, dans les *Vendangeurs*, dans la *Veillée*, & tant d'autres rôles, où elle eft toujours nouvelle & toujours inimitable.

Gontier (Madame), *rue Neuve de Montmorenci.*

Joue les Duegnes dans l'Opera-comique & les caracteres dans la Comédie avec une vérité, une intelligence & un talent confommé qui lui méritent chaque jour les applaudiffemens les plus vifs & les plus juftement mérités.

Julien (Madame), *rue & Café de Favart.*

Joue les fecondes Amoureufes dans la Comédie avec beaucoup de fineffe & d'intelligence.

Lacaille (Madame), *rue & Café de Favart.*

Bonne Muficienne ; double l'emploi des Duegnes dans l'Opera-comique.

Lescot (Mad.), *rue Favart.*

Jeune Actrice & Muficienne du plus grand mérite ; joue les rôles d'Amoureufes. Une belle voix, étonnante fur-tout dans les tons graves qui fe rapprochent de la rondeur d'une Baffe-taille ; beaucoup de fineffe dans le jeu, & un goût exquis dans le chant.

Pitrot (Mademoifelle), *Fauxbourg Montmartre.*

Eft douée d'une belle figure, & joue les Amoureufes dans la Comédie avec beaucoup de nobleffe & de vérité.

THÉATRE ITALIEN.

RAYMOND (Madame), *rue du Sépulchre.*

Une figure agréable & une taille élégante. Joue les Soubrettes dans la Comédie avec intelligence.

TRIAL (Madame), *rue de Favart.*

Une des plus célebres Cantatrices que la France ait produit. Il n'est pas possibie de réunir plus de fraîcheur, plus de netteté dans la voix; d'avoir un gosier plus flexible & plus léger. Ce sont les plus beaux sons dans l'*andante*, & la rapidité la plus étonnante dans les arrietes de *bravoure*. Cette charmante Actrice fait chaque jour les délices & l'admiration des Spectateurs.

VERTEUIL (Madame), *rue Taitbout.*

Excellente Comédienne pour la pureté de la diction, la sensibilité de l'ame & la noblesse du jeu, est sublime dans le *Drame*, & pleine d'esprit dans le *Marivaux*: chargée de l'emploi des Meres nobles & des Amoureuses dans la Comédie, elle remplit l'un & l'autre emploi avec un égal succès.

DANSE.

GRANGÉ, Maître de Ballets & Pensionnaire de S. A. S. Monseigneur le Grand Duc de toutes les Russies.

GUENETET, premier Danseur.

Danse les pâtres & les demi-caracteres avec autant de grace que de vigueur & de légereté.

OBJETS RELATIFS.

BUREAU de Correspondance générale de tous les Spectacles de Province.

LAWALLE LECUYER, Cour du Commerce.

Editeur & Marchand de Musique, se charge de placer les Sujets & de faire passer, avec ou sans partition, toutes les pieces de musique nouvelle qui paroissent en cette Capitale.

FABRIQUE de Rouge végétal *pour la toilette des Dames, approuvé de l'Académie royale des Sciences.*

PROST (Mlle.), *rue Saint-Honoré, au Bureau d'Indications générales des Artistes célebres, près l'hôtel des Américains.*

Fait la commission en tous genres pour la Province & les Pays Etrangers, & tient Fabrique du véritable *Rouge végétal* qui lui a mérité l'approbation de l'Académie des Sciences, en ce qu'il n'entre dans sa composition aucune partie métallique, & qu'il réunit à l'avantage du plus beau coloris, les qualités précieuses de ne point dessécher la peau ni en altérer la fraîcheur.

RUES ET QUARTIERS DE LA VILLE ET FAUXBOURGS DE PARIS.

RUES ET QUARTIERS.	TENANS ET ABOUTISSANS.
ABBAYE S. Germain des Prés (enclos de l'), Q. S. Germ.	RUES Saint Benoît & Sainte Marguerite.
Abbatiale (rue), quartier S. Germain.	Petit Marché & grille du Palais Abbatial.
Abreuvoir (rue de l'), quartier de la Cité.	Derriere l'Archevêché.
Abreuvoir-Mâcon (rue de l'), quartier S. André.	Rue de la Huchette & le bord de l'eau.
Abreuvoir-Marion (rue de l'), quartier sainte Oportune.	Quai de la Ferraille & rue Thibautaudé.
Abreuvoir-Perin (rue de l'), quartier sainte Oportune.	Quai de la Ferraille & rue S. Germain-l'Auxerrois.
Aiguillerie (rue de l'), Q. sainte Oportune.	Près l'Eglise.
Albret (cul-de-sac d'), place Maubert.	Rue des sept Voyes.
Alençon (quai d'), quartier Isle Notre-Dame.	Pont Marie & Hôtel Bretonvilliers.
Aligre (rue d'), fauxbourg S. Antoine.	Marché S. Antoine & rue de Charenton.
Amandiers (rue des), quartier du Fauxbourg S. Antoine.	Rue du Chemin verd & la campagne.
Amandiers (rue des), quartier sainte Geneviéve.	Rue des sept Voyes & Fontaine sainte Geneviéve.
Amboise (rue d'), quartier de la Comédie Italienne.	Rues de Richelieu & Favart.
Amboise (rue d'), Pl. Maub.	Le bord de l'eau.
Amboise (cul-de-sac d').	Place Maubert.
Amelot (rue), fauxbourg S. Antoine.	Rue saint Pierre & Porte saint Antoine.
André (rue saint), Fauxbourg S. Antoine.	Folie-Renaud & rue de Charonne.
André des Arcs (rue saint), quartier saint André.	Place du pont saint Michel & Carrefour de Bussy.
André des Arcs (cour saint), quartier saint André.	Rue saint André & rue du Cimetiere.

A

RUES ET QUARTIERS.	TENANS ET ABOUTISSANS.
Anges (rue des deux), quartier saint Germain.	Rue Jacob & rue saint Benoît.
Angevilliers (rue d'), quartier du Louvre.	Rues des Poulies & cul-de-sac du Coq.
Anglade (rue de l'), quartier du Palais Royal.	Rue Traversiere & rue l'Evêque.
Anglois (rue des), Q. S. B.	Rues Galande & des Noyers.
Anglois (cul-de-sac des), Q. S. Martin.	Rue Beaubourg.
Angoulême (rue d'), F. S. H.	Gr. rue & la grille de Chaillot.
Angoulême (rue & Marché d'), quart. du Pont aux-Choux.	Aboutit à la rue des Fossés du Temple.
Anjou (rue d'), fauxbourg S. Honoré.	Rue du Fauxbourg S. Honoré & de la Ville-l'Evêque.
Anjou (rue d'), F. S. Germ.	Rues Dauphine & de Nevers.
Anjou (rue d'), Q. du Mar.	Rues Pastourelle & de Poitou.
Anjou (cul-de-sac d'), Q. du L.	Rue de l'Arbre-sec.
Anne (rue sainte), F. S. Den.	Rue Poissonniere & S. Lazare.
Anne (rue sainte), quartier du Palais Royal.	Rue neuve saint Augustin & rue de l'Anglade.
Anne (rue sainte), quartier de la Cité.	Rue saint Louis & cour du Palais.
Anne (barriere sainte), Q.	Montmartre.
Antin (rue d'), Quart. Montmartre.	Rue neuve S. Augustin & rue neuve des petits Champs.
Antoine (rue saint), quartier saint Antoine.	Place Baudoyer & Porte saint Antoine.
Antoine (rue du fauxb. S.), fauxbourg S. Antoine.	Depuis la Porte saint Antoine jusqu'au Thrône.
Antoine (rue de Fossés S.), ou Contrescarpe.	Elle commence à la Porte S. Antoine & finit à la riviere.
Antoine (Marché neuf saint).	
Appoline (rue sainte), quartier saint Martin.	Porte saint Denis & rue du Temple.
Arbalestre (rue de l'), fauxbourg saint Marcel.	Rue des Charbonniers & rue Mouffetard.
Arbre-sec (rue de l'), quartier du Louvre.	Rue Saint Honoré & quai de l'Ecole.
Arcis (rue des), quartier de la Greve.	Rues saint Martin & Planche-mibrai.
Argenson (cul-de-sac d'), quartier du Temple.	Vieille rue du Temple.
Argenteuil (rue d'), quartier du Palais Royal.	Rues neuve saint Roch & saint Honoré.

Rues et Quartiers.	Tenans et aboutissans.
Arras (rue d'), place Maub.	Rues S. Victor & Clopin.
Artois (rue d'), quartier de la Chaussée d'Antin.	Rue de Provence & le Boulevard.
Astorg (rue d'), quart. S. H.	Rue de la Ville-l'Evêque.
Athanase (rue saint), quart. saint Paul.	Portail saint Paul & rue des Prêtres.
Athanase (R. S.), Q. du M.	Rues S. Louis & S. Germain.
Aubri-Boucher (rue), quartier S. Jacques de la Boucherie.	Rues saint Martin & saint Denis.
Audriettes (rue des), quartier de la Greve.	Rue de la Mortellerie & Port au bled.
Audriettes (rue des vieilles), quartier du Temple.	Rue saint Avoie & rue du Chaume.
Augustin (rue neuve saint), quartier Montmartre.	Rue de Richelieu & rue de Louis-le-Grand.
Augustins (rue des), quartier saint André.	Quai des Augustins & rue saint André des Arcs.
Augustins (rue des vieux), quartier saint Eustache.	Rue Coquilliere & rue Montmartre.
Augustins (quai des) ou de la Volaille, quartier S. André.	Pont-neuf & rue du Hurepoix.
Augustins (rue des petits), quartier saint Martin.	Rue saint Martin & rue Beaubourg.
Augustins (rue des petits), fauxbourg saint Germain.	Quai des quatre Nations & rue du Colombier.
Aumaire (rue), quartier saint Martin.	Rues saint Martin & Transnonain.
Aumont (cul-de-sac d'), quart. saint Paul.	Rue de la Mortellerie.
Aux-feves (rue), quartier de la Cité.	Rues de la Draperie & de la Calandre.
Ave-Maria (cul-de-sac de l'), Q. S. Paul.	Rue des Barrés.
Aveugles (rue des), quartier du Luxembourg.	Rues du vieux Colombier & du petit Bourbon.
Avignon (rue d'), quartier S. Jacques de la Boucherie.	Rues saint Denis & de la Savonnerie.
Avoye (rue sainte), quartier saint Avoye.	Rues du Temple & Bardubec.
Babile (rue), Q. S. Eustache.	Rues d'Orléans & de Viarmes.
Babylone (rue de), quartier saint Germain.	Rue du Bac & plaine de Grenelle.
Babillards (cul-de-sac des), quartier saint Denis.	Rue des Fossés saint Denis.

RUES ET QUARTIERS.	TENANS ET ABOUTISSANS.
Bac (grande rue du) fauxbourg saint Germain.	Pont royal & rue de Seve.
Bac (petite rue du), quartier du Luxembourg.	Rue de Seve & rue des vieilles Tuileries.
Baffour (cul de-sac), quartier saint Denis.	Rue saint Denis.
Bagneux (rue de), quartier du Luxembourg	Rues des vieilles Tuileries & de Vaugirard.
Baillet (rue), quartier du Louvre.	Rue de l'Arbre-sec & rue de la Monnoye.
Bailleul (rue), quartier du Louvre.	Rues des Poulies & de l'Arbre-sec.
Baillif (rue), quartier saint Eustache.	Rue des bons Enfans & Croix des petits Champs.
Balcons (quai des) ou quai Dauphin, Isle saint Louis.	Pointe de l'Isle.
Ballets (rue des), quartier saint Antoine.	Rue du Roi de Sicile & rue saint Antoine.
Banquier (rue du) fauxbourg saint Marcel.	Rue du gros Caillou & rue Mouffetard.
Banquier (petite rue du), Q. du Marché aux Cheveaux.	Grande rue du Banquier & Boulevard neuf.
Barbe (rue sainte), quartier saint Denis.	Rue de Beauregard & les Boulevards.
Barbe (rue sainte), quartier de l Université.	Rues des sept Voies & des Chiens.
Barbette (rue), quartier du Marais.	Vieille rue du Temple & rue des trois Pavillons.
Bardubec (rue), quartier sainte Avoye.	Rue sainte Avoye & rue de la Verrerie.
Barillerie (rue de la), quartier de la Cité.	Rue saint Barthelemi & pont saint Michel.
Barouillerie (rue de la), quartier du Luxembourg.	Rues de Seve & des vieilles Tuileries.
Barre (rue de la), fauxbourg saint Marcel.	Rues du Fer-à-Moulin & des Francs-Bourgeois.
Barrés (rue des), quartier saint Paul	Carrefour de l'Hôtel de Sens & rue saint Paul.
Barres (rue des), quartier de la Grêve.	Place Beaudoyer & Port au Foin.
Barriere (rue de la), fauxbourg saint Marcel.	Champs de l'Alouette, derriere les filles Angloises.
Barthelemi (rue saint), quartier de la Cité.	Pont au Change & rue de la Draperie.

RUES ET QUARTIERS.	TENANS ET ABOUTISSANS.
Barthelemi (cul-de-sac saint), quartier de la Cité.	Rue de la Draperie.
Basfroy (rue), fauxbourg saint Antoine	Rue de la Roquette près sainte Marguerite.
Bastille (place de la), quartier saint Antoine.	Rue saint Antoine & rue des Tournelles.
Bastille (cul-de-sac de la petite), quartier du Louvre.	Rue de l'Arbre-sec.
Basville (rue), quartier de la Cité.	Cour neuve du Palais.
Battoir (rue du), quartier saint André.	Rues de l'Epéron & Hautefeuille.
Battoir (rue du), fauxbourg S. Marcel.	Place du puits de l'Hermite & rue Censier.
Baudin (rue), fauxbourg Montmartre.	Rue Blanche & rue Saint George.
Baudoirie (cul-de-sac), quart. saint Martin.	Rue de la Corroierie.
Baudoyer (place) ou Baudet, quartier de la Grève.	Rues de la Tixeranderie, Renaud-Lefevre & S. Antoine.
Baviere (Cour de) quartier saint Benoit.	Rue Bordet.
Baviere (cul-de-sac de), quartier saint Etienne.	Rue Bordet.
Beaubourg (rue) quartier S. Martin.	Rues Michel-le-Comte & Simon-le-Franc.
Beaufils (quai) ou quai des Ormes, quartier S. Paul.	Place aux Veaux & quai S. Paul.
Beaufort (cul-de-sac), quart. des Halles.	Rue Salle-au-Comte.
Beaujollois (rue de), quartier du Palais Royal.	Rue de Chartres & de Valois.
Beaujolois (rue du), quartier du Temple.	Rue des Forez & de Bretagne.
Beaune (rue de), fauxbourg saint Germain.	Quai des Théatins & rue de l'Univerlité.
Beaurepaire (rue), quartier saint Denis.	Rue Poissonniere & Porte S. saint Denis.
Beautreillis (rue), quartier saint Paul.	Rue S. Antoine & rue neuve saint Paul.
Beauvais (rue de), quartier du Louvre.	Rue Froidmanteau, près le vieux Louvre.
Beauvau (rue de), fauxbourg saint Antoine.	Marché saint Antoine & rue de Charenton.

Rues et Quartiers.	Tenans et aboutissans.
Bellechasse (rue de), fauxbourg saint Germain.	Rues saint Dominique & de la Grenouillere.
Bellefond (rue de), fauxbourg Montmartre.	Rue de Rochechouart & rue de la Voierie.
Benoît (rue saint), fauxbourg saint Germain.	Rue Jacob & rue Taranne.
Benoît (Cloître saint), quart. saint Benoît.	Rues des Mathurins - saint-Jacques & de Sorbonne.
Benoît (cul-de-sac saint), Q. S. Jacques de la Boucherie.	Rue de la Tacherie.
Benoît (carrefour saint), fauxbourg saint Germain.	Rue saint Benoît & de l'égoût Taranne.
Berci (rue de), quartier de la Grêve.	Cimétiere S. Jean & vieille rue du Temple.
Berci (rue de), fauxbourg saint Antoine.	Rue de la Rapée & de Berci.
Bergere (rue), fauxbourg Montmartre.	Rue sainte Anne & du fauxbourg Montmartre.
Bernard (rue saint), fauxbourg saint Antoine.	Sainte Marguerite & l'Abbaye saint Antoine.
Bernard (rue des Fossés saint), fauxbourg saint Victor.	Halle au vin & rue saint Victor.
Bernardins (rue des), quart. place Maubert.	Rue saint Victor & rue de Tournelle.
Bernardins (Cloître des), place Maubert.	Rue des Bernardins.
Berry (rue neuve de), fauxbourg saint Honoré.	Grande rue & la grille de Chaillot.
Berry (rue de), quartier du Marais.	Rue Charlot & rue d'Orléans.
Bertaud (cul-de-sac), quart. Saint Martin.	Rue Beaubourg.
Bertin-Poirée (rue), quartier saint Oportune.	Rues des deux Boules & saint Germain l'Auxerrois.
Betisi (rue), quartier sainte Oportune.	Rue du Roule & rue des deux Boules.
Beuriere (rue) ou de la Corne, quartier du Luxembourg.	Rue du vieux Colombier & rue du Four.
Biches (Pont aux), fauxbourg saint Marcel.	Rue Pont aux Biches.
Bievre (rue de), place Maubert.	Place Maubert & rue Pavée.
Bievre (rue de), fauxbourg saint Victor.	Rue des Gobelins.

RUES ET QUARTIERS.	TENANS ET ABOUTISSANS.
Bissy (rue de), quartier du Luxembourg.	Petit Marché, Foire saint Germain.
Blancs-Manteaux (rue des), quartier sainte Avoye.	Rue sainte Avoye & vieille rue du Temple.
Blancs-Manteaux (cul-de-sac des) ou Pecquet, Q. S. Avoye.	
Blanc-Paon (rue du), quart. saint Paul.	Rue de la Mortellerie & place aux Veaux.
Blomet (rue), fauxbourg S. Germain.	Derriere les Incurables, la Campagne.
Bœuf (cul-de-sac du), Q. S. Martin.	Rue S. Merry.
Bon (rue saint), quartier de la Grêve.	Rue de la Verrerie & rue Jean-pain-Mollet.
Bonne-morue (rue de la), fauxbourg S. Honoré.	Rue du fauxbourg S. Honoré & place de Louis XV.
Bonne-nouvelle (rue de), Q. saint Denis.	Rue Beauregard & Boulevard de saint Denis.
Bonpuits (rue du), place Maubert.	Rues saint Victor & Traversine.
Bons enfans (rue des), quart. saint Eustache.	Rue neuve des bons Enfans & rue saint Honoré.
Bons Enfans (rue neuve des), quartier saint Eustache.	Rue neuve des petits Champs & rue des Bons Enfans.
Bordet (rue) place Maubert,	Fontaine sainte Geneviéve & rue Mouffetard.
Boucherat (rue) Q. du Marais.	Rue Charlot & rue S. Louis.
Boucherie (rue de la), Q. du Palais Royal.	Rues de Richelieu & Saint Honoré.
Boucherie (rue de la), quartier du gros Caillou.	Boucherie des Invalides & le bord de l'eau.
Boucheries (rue des), quartier du Luxembourg.	Petit Marché de la Comédie Françoise.
Bouclerie (rue de la vieille), quartier saint André.	Place du Pont saint Michel & rue de la Harpe.
Boudron (rue), Q, S. Hon.	Rue Caumartin.
Boutebric (rue), quartier saint André.	Rue du Foin & de la Parcheminerie.
Boulangers (rue des), fauxbourg saint Victor.	Rue des Fossés saint Victor & rue saint Victor.
Boules (rue des), fauxbourg saint Antoine.	Rue de Charonne & rue de Montreuil.
Boules (rue des deux), quartier sainte Oportune.	Rue Bétisi & rue des Lavandieres.

RUES ET QUARTIERS.	TENANS ET ABOUTISSANS.
Bouloir (rue du), quartier saint Euſtache.	Rue Croix-des-petits Champs & rue Coquilliere.
Boube (rue de la), quartier du Luxembourg.	Rue d'Enfer & rue S. Jacques.
Bourbon (rue de), fauxbourg saint Germain.	Rue des saints Peres & rue de Bourgogne.
Bourbon-le-Chateau (rue), fauxbourg saint Germain.	Rue de Buſſy & Cour Abbatiale.
Bourbon (rue de) quartier, saint Denis.	Rues du petit Carreau & de saint Denis.
Bourbon (rue du petit), quartier du Louvre.	Quai de Bourbon & rue des Poulies.
Bourbon (rue du petit), quartier du Luxembourg.	Rue des Aveugles & rue de Tournon.
Bourbon (quai de), quartier du Louvre.	Terraſſe du Louvre & Quai de l'Ecole.
Bourbon (quai de), Iſle Notre-Dame.	Pont rouge & Pont Marie.
Bourdonnois (rue des), quartier sainte Oportune.	Rue Thibautaudé & rue S. Honoré.
Bourg-l'Abbé (rue), quartier saint Denis.	Rue aux Ours & rue Greneta.
Bourgogne (rue de), quartier du Temple.	Rue de la Corderie & rue de Bretagne.
Bourgogne (rue de), fauxbourg saint Germain.	Rue de Varenne & bord de l'eau.
Bourguignons (rue des), quartier saint Marcel.	Rue de l'Ourſine & mur du Val-de Grace.
Bourtibourg (rue), quartier sainte Avoye.	Rue sainte Croix de la Bretonnerie & place du Cimétiere saint Jean.
Bout-du-Monde (rue du), quartier saint Euſtache.	Rues Montmartre & Montorgueil.
Boutelle (cul-de sac de la), quartier saint Denis.	Rue Comteſſe d'Artois.
Bouvart (cul-de-sac) ou la Cour des Bœufs, quartier saint Benoit.	Rue saint Hilaire.
Bracq (rue de), quartier sainte Avoye.	Rue sainte Avoye & rue du Chaume.
Braſſerie (cul-de-sac de la) ou des Prêcheurs.	Rue Traverſiere.
Brave (rue du), quartier du Luxembourg.	Rue des quatre Vents & rue de Tournon.

Bretagne

RUES ET QUARTIERS.	TENANS ET ABOUTISSANS.
Bretagne (rue de), quartier du Marais.	Rue ſaint Louis & rue de Bourgogne.
Bretonnerie (grande rue de la), quartier ſaint Benoît.	Près ſaint Etienne des Grès.
Bretonvilliers (rue de), Iſle Notre-Dame.	Rue ſaint Louis & quai Dauphin.
Briſe-Miche (rue), quartier ſaint Martin.	Rue neuve ſaint Merry & Cloître ſaint Merry.
Brodeurs (rue des), fauxbourg ſaint Germain.	Rue des Féves & rue de Blomet.
Bucherie (rue de la), quartier de la place Maubert.	Rue du petit Pont & rue d'Amboiſe.
Buſſi (Carrefour de), fauxbourg ſaint Germain.	Carrefour de la rue Dauphine & petit Marché.
Buſſi (rue de), fauxbourg ſaint Germain.	Rue Dauphine, de la Comédie Françoiſe, & ſaint André des Arts.
Buttes (rue des), fauxbourg ſaint Antoine.	Rues de Reuilly & de Picpus.
Cadet (rue), ou de la Voierie, fauxbourg Montmartre.	Rue d'Enfer.
Cagnard (rue), quartier ſaint André.	Rue de la Huchette & le bord de l'eau.
Caillou (rue du gros), fauxbourg ſaint Victor.	Marché aux Chevaux, rue du Banquier.
Calande (rue de la) ou Calandre, quartier de la Cité.	Rue de la Barillerie & rue du Marché Palu.
Cambray (place de), quartier ſaint Benoît.	Rues ſaint Jacques & ſaint Hilaire.
Cannettes (rue des), quartier du Luxembourg.	Rue du vieux Colombier & rue du Four.
Cannivet (rue du), Q. du L.	Rue des Foſſoy. & rue Férou.
Capucins (rue des), quartier Montmartre.	Rue neuve des petits Champs & Barriere ſaint Honoré.
Capucins (rue neuve des), Q. de la Chauſſée d'Antin.	Grande rue & le Couvent.
Capucins (rue des) F. S. Jac.	Près l'Obſervatoire.
Carcuiſſons (cul-de-ſac des), quartier de la Cité.	Rue des Carcuiſſons.
Carcuiſſons (rue des), quartier de la Cité.	Rue de la Calande & Marché neuf.
Cardinale (rue), F. S. Germ.	Enclos S.-Germain des Prés.
Carême-prenant (rue), quartier de la Courtille.	Hôpital Saint Louis, rue du fauxbourg du Temple.

Rues et Quartiers.	Tenans et aboutissans.
Carignan (rue de), quartier Saint Eustache.	Rue des vieilles Etuves & rue Coquilliere.
Carmelites (cour des), F. S. J.	Rue saint Jacques.
Carmelites (cul-de-sac des), fauxbourg saint Jacques.	Rue saint Jacques.
Carmes (rue des), quartier saint Benoit.	Rue des Noyers & l'Eglise de saint Hilaire.
Carmes (barriere des).	
Carneau (rue du), place Maubert.	Le bord de l'eau & rue de la Bucherie.
Carpentier (rue), Q. du Lux.	R. du Gindre & rue Cassette.
Carousel (rue du), quartier du Palais Royal.	Rue du Carousel & Fontaine du diable.
Carousel (place du) ou des thuilleries, Q. du Palais Royal.	Vis-à-vis les Thuilleries.
Carreau (rue du petit), quartier saint Denis.	Rues Montorgueil & Cléri.
Cassette (rue), quartier du Luxembourg.	Rues du vieux Colombier & de Vaugirard.
Catherine (rue neuve sainte), quartier saint Antoine.	Rue des Francs-Bourgeois, près la place Royale.
Catherine (rue de l'Egoût, sainte.), Q. S. Antoine.	Rue S. Antoine & rue neuve sainte Catherine.
Catherine (cul-de-sac de Ste.), ou de saint Dominique, fauxbourg saint Michel.	Rue saint Dominique.
Catherine (Cloitre, Culture sainte), Q. S. Antoine.	Rue Culture-sainte-Catherine.
Catherine (rue), quartier saint Antoine.	Rue du Parc Royal & rue Culture sainte Catherine.
Caumartin (rue), quartier de la Chaussée d'Antin.	Rue Basse du rempart & des Mathurins.
Célestins (quai des), quartier saint Paul.	Rue saint Paul & l'Arsenal.
Cendres (rue des), quart. du Marché aux Chevaux.	Marché aux chevaux & rue des Fossés S. Marcel.
Censier (rue) ou vieille rue S. Jacques, F. S. Marcel.	Rue Mouffetard & rue du Jardin du Roi.
Centier (rue du), quartier Montmartre.	Rue des Jeuneurs & rue du Chantier.
Cerisaye (rue de la), quartier saint Paul.	Petite porte de l'Arsenal & rue du petit Musc.
Chabanois (rue), quartier du Palais royal.	Rue Sainte Anne & des petits Champs.

RUES ET QUARTIERS.	TENANS ET ABOUTISSANS.
Chaillot (rue de), fauxbourg ſaint Honoré.	Rue du Roule & avenues des Thuilléries.
Chaillot (barriere de), Q. S. H.	
Chaiſe (rue de la) fauxbourg ſaint Germain.	Rues de Grenelle & de Séve.
Champ (rue du) d'Albiac, ou des Petits-Champs, fauxbourg ſaint Marcel.	Rue du Noir & rue de l'Epée de bois.
Champ (rue du) de l'Allouette, fauxbourg ſaint Marcel.	Moulin Croule-barbe & rue de l'Ourſine.
Champ-Fleury (rue du), quartier du Louvre.	Rues ſaint Honoré & de Beauvais.
Champs (rue des petits), fauxbourg ſaint Marcel.	Rue du Noir & de l'Epée de bois.
Champs (rue neuve des petits), Q. Montmartre.	Rue de la Feuillade, rue des Capucines.
Change (pont au), quartier de la Cité.	Quai des Morfondus & quai de la Feraille.
Chanoineſſe (rue), quartier de la Cité.	Rue des Marmouzets derriere ſainte Marine.
Chantier (rue du), quartier Montmartre.	Rue ſaint Fiacre, rue Poiſſonniere.
Chantier (rue du grand), quartier du Temple.	Rue du Chantier & rue des Enfans rouges.
Chantiers (rue des), fauxbourg ſaint Antoine.	Rue de Charenton, rue de la Rapé.
Chantre (rue du), quartier du Louvre.	Rue ſaint Honoré & place du Louvre.
Chantrene (rue), quartier de la Chauſſée d'Antin.	Grande rue & fauxb. Montmartre.
Chantres (rue des), quartier de la Cité.	Rue Chanoineſſe, rue d'Enfer.
Chanverrerie (rue de la), quartier des Halles.	Rue ſaint Denis & rue Montmartre.
Chapon (rue), quartier ſaint Martin.	Rue du Temple, rue Transnonain.
Charbonniers (rue des), fauxbourg ſaint Marcel.	Rue de l'Arbalêtre, rue des Bourguignons.
Charbonniers (rue des), fauxbourg ſaint Antoine.	La riviere, rue de Charenton.
Charenton (rue de), fauxbourg ſaint Antoine.	Porte ſaint Antoine & rue bas Reuilli.
Chariot (rue), ou d'Angoumois, quartier du Temple.	Rue de Bretagne, les Boulevards.

Rues et Quartiers.	Tenans et aboutissans.
Charone (rue de), fauxbourg faint Antoine.	Rue du fauxbourg S. Antoine & Croix Faubin.
Charretiere (rue), Q. S. Ben.	Puits Certain, rue de Reims.
Chartres (rue de), Quartier du Palais Royal.	Rue faint Thomas-du-Louvre & rue faint Nicaife.
Chartres (rue du), F. du R.	Rue de Courcelles.
Chat-qui-pêche (rue du), ou du Renard, Q. S. André.	Rue de la Huchette & la riviere.
Chat-blanc (cul-de-fac du), Q. S. Jacques de la Bouc.	Rue faint Jacques de la Boucherie.
Chats (place aux), quartier des Halles.	Rues S. Honoré, de la Lingerie & de la Féronnerie.
Chaume (rue du) ou de la Merci, quartier fainte Avoye.	Rue du grand Chantier & rue des Blancs-Manteaux.
Chausseterie (rue de la), quartier des Halles.	Rue de la Féronnerie, rue faint Honoré.
Chef faint Landry (rue du), quartier de la Cité.	Rue des Marmouzets & rue d'Enfer.
Chemin (rue du), quartier du Temple.	Rue du fauxbourg du Temple, rue des trois Bornes.
Chemin-verd (rue du), fauxbourg faint Antoine.	Boulevards, rue des Amandiers.
Chemin-verd (rue du), fauxbourg faint Honoré.	Rue du fauxbourg faint Honoré & Ville-l'Evêque.
Chenet (rúe du gros), quart. Montmart.	Rue du Chantier, rue de Cléri.
Cherche-midi (rue du); quart. du Luxembourg.	Croix-rouge & rue des vieilles Tuhileries.
Cheval-verd (rue du), fauxbourg faint Jacques.	Rue de la Vieille-Eftrapade, rue des Poftes.
Chevalier du Guet (rue du), quartier Sainte Oportune,	Rue des Lavandieres & place du Chevalier du Guet.
Chevalier du Guet (place du), quartier Sainte Oportune,	Rue du Chevalier du Guet, rue de la Harangerie.
Chevilli (rue de), fauxbourg Saint Honoré,	Rue de Surene & Boulevards Saint Honoré.
Chiens (rue des), quartier de l'Univerfité,	Rue de Reims & rue Saint Etienne des Grés.
Childebert (rue), fauxbourg Saint Germain,	Enclos de l'Abbaye.
Cholets (rue des), quartier de l'Univerfité,	Rue Saint Jacques, rue des Chiens.
Choux (pont aux), quartier du Temple,	Rue Pont-aux-Choux & rue Saint Sébaftien.

Rues et Quartiers.	Tenans et aboutissans.
Christophe (rue saint), quartier de la Cité,	Rue de la Juiverie & Parvis Notre-Dame.
Christine (rue), quartier S. André,	Rue Dauphine, rue des Augustins.
Cigne (rue du), quartier des Hales,	Rue Mont-de-Tour & rue S. Denis.
Cignes (rue des), quartier du gros Caillou,	Place de l'Isle des Cignes & rue Saint Dominique.
Cimetiere (rue du), quartier Saint Severin,	Rue de la Parcheminerie & Cimetiere de cette Paroisse.
Cimetiere S. Benoît (rue du), quartier Saint Benoît,	Rue Saint Jacques, derriere le Collége du Plessis.
Cimetiere S. Jacques du Haut-Pas (rue du), quartier du Luxembourg,	Rue S. Jacques, rue d'Enfer.
Cimetiere S. André des Arts (rue du), quart. S. And.	Rue Hautefeuille & rue de l'Eperon.
Cimetiere Saint Nicolas des Champs (rue du), quartier Saint Martin,	Rue Saint Martin, rue Transnonain.
Cimetiere de S. Sulpice (rue du), Q. du Luxembourg,	Rue Férou, rue Garanciere.
Cinq-Diamants (rue des), Q. S. Jacques de la Boucherie,	Rue Aubri-le-Boucher & rue des Lombards.
Ciseaux (rue des), fauxbourg S. Germain.	Rue Sainte Marguerite & rue du Four.
Claude (rue Saint), quartier Saint Denis,	Rue Sainte Foi, rue de Cléri.
Claude (rue Saint), quartier du Marais,	Rue S. Louis & Boulevards.
Claude (cul-de-sac Saint), quartier Saint Eustache,	Rue Montmartre.
Clef (rue de la), fauxbourg Saint Marcel,	Rue d'Orléans & rue des Coupeaux.
Cléri (rue de), Q. Montmartre,	Rue Montmartre & Porte S. Denis.
Clervaux (cul-de-sac de), quartier Sainte Avoye,	Rue Saint Martin.
Cloche-Perche (rue), quartier S. Antoine,	Rue S. Antoine & rue du Roi de Sicile.
Clopin (rue), fauxbourg S. Marcel,	Rue Bordet & rue des Fossés Saint Victor.
Clugny (rue de), quartier Saint André,	Place de Sorbonne & rue des Cordiers.

Rues et Quartiers.	Tenans et aboutissans.
Cocatrix (rue) ou Cocatrice, quartier de la Cité.	Rue des deux Hermites & rue Saint Christophe.
Coq (rue du), quartier de la Gréve,	Rue de la Verrerie & rue de la Tisseranderie.
Coq (rue du), quartier du Louvre,	Rue Saint Honoré, le Louvre.
Coq (rue du), Q. Montmart.	Rue des Porch. les Champs.
Coq (cul de sac du) ou rue du Coq, quart. du Louvre,	
Cœur-volant (rue du), fauxbourg Saint Germain,	Rue des Quatre-vents & rue des Boucheries.
Colbert (rue), quartier du Palais Royal,	Rue Vivienne & rue de Richelieu.
College d'Autun (cour du), quartier Saint André,	Rue saint André & rue de l'Hirondelle.
Colombe (rue de la), quartier de la Cité,	Rue d'Enfer & rue des Marmouzets.
Colombier (rue du), fauxbourg Saint Germain,	Rue de Seine & rues des petits Augustins.
Colombier (rue du vieux), quartier du Luxembourg,	Carrefour de la Croix rouge & place Saint Sulpice.
Commissaires (cul-de-sac des), quartier Montmartre.	Rue Montmartre.
Comtesse d'Artois (rue), quartier des Halles,	Rue Montorgueil, pointe S. Eustache.
Condé (rue de) ou S. Lambert, Q. du Luxembourg,	Rue de la Comédie Françoise & rue de Vaugirard.
Conférence (quai de la) Q. du Palais Royal,	Le long du Jardin des Tuileries.
Conférence (barriere de la),	
Conti (quai de), fauxbourg Saint Germain,	Pont neuf & les 4 Nations.
Contrescarpe (rue), quartier Saint André,	Rue Saint André des Arts & rue Dauphine.
Contrescarpe (rue) ou des Fossés S. A., quart. S. A.	Porte S. Antoine, la riviere.
Contrescarpe (rue), quartier place Maubert,	Rue des Fossés Saint Victor & place de Fourci.
Contrescarpe (rue de la), fauxbourg du Temple,	Rue des Fossés du Temple & rue du Chemin verd.
Coquerel (cul-de-sac), quartier Saint Antoine,	Rue des Rosiers.
Coqueron (rue), quartier S. Eustache,	Rue de la Jussienne & rue Coquilliere.

RUES ET QUARTIERS.	TENANS ET ABOUTISSANS.
Coquilliere (rue), quartier Saint Euſtache,	Rue Croix-des-petits Champs, Portail Saint Euſtache.
Coquilles (rue des), quartier de la Greve,	Rue de la Verrerie & rue de la Tiſſeranderie.
Cordeliers (rue des), quartier Saint André,	Rue de la Harpe & rue de la Comédie Françoiſe.
Corderie (rue de la), quartier du Temple,	Rue du Temple & rue de Bourgogne.
Corderie (cul-de-ſac de la) ou Péronelle, quartier du Palais Royal,	Palais Royal & rue neuve S. Roch.
Cordiers (rue des), quartier Saint André,	Rue de Cluni & rue Saint Jacques.
Cordonnerie (rue de la), Q. des Halles,	Rue de la Tonnellerie, Halle aux Poirées.
Corne (rue de la), quartier du Luxembourg,	Rue du vieux Colombier, rue du Four.
Cornes (rue des), quartier du Marché aux Chevaux.	Grande rue du Banquier & rue des Foſſés S. Marcel.
Coſſonnerie (rue de la), quartier des Halles,	Rue Saint Denis & Piliers des Pottiers d'étain,
Coupeaux (rue des) ou Copeau, fauxbourg S. Marcel,	Rue Mouffetard & la Pitié.
Courcelle (rue de), Q. du R.	Rue de la Pépiniere.
Couronnes (rue des), quartier du Pont-aux-Choux.	Rue S. Maur & de Belleville.
Courroyerie (rue de la), Q. Saint Martin,	Rue Saint Martin & rue Beaubourg.
Court-baton (cul-de-ſac), Q. du Louvre,	Rue de l'Arbre-Sec.
Courtalon (rue), Q. Sainte Opportune,	Rue Saint Denis & Cloître Sainte Oportune.
Courteauvilain (rue), quart. Saint Martin,	Rue du Temple & rue Tranſnonain.
Coutellerie (rue de la), Q. de la Greve,	Carrefour Guilleri & rue de la Tiſſeranderie.
Creuſe (rue), fauxbourg S. Marcel,	Rue des Francs-Bourgeois & rue du Banquier.
Croiſſant (rue du), quartier Montmartre,	Rue du gros Chenet, rue Montmartre.
Croix-des-petits-Champs (rue), Q. S. Euſtache,	Place des Victoires & rue Saint Honoré.
Croix-blanche (rue de la) ou Hennequin, fauxb. Mont.	Rue des Porcherons & les Champs.

RUES ET QUARTIERS.	TENANS ET ABOUTISSANS.
Croix (rue de la), quartier Saint Martin,	Rue du Pont aux Biches & rue Phelipeaux.
Croix-blanche (rue de la), Q. Sainte Avoye,	Vieille rue du Temple & rue Bourtibourg.
Croix de la Bretonnerie (rue Sainte), quartier Sainte Avoye,	Rue neuve S. Merri & vieille rue du Temple.
Croix de la Cité (rue Sainte), quartier de la Cité,	Rue de la Draperie, rue Gervais-Laurent.
Croix de Clamart (Carrefour de la), fauxb. S. Victor,	Rues du Jardin du Roi, Poliveau & du Fer.
Croix-Faubin (cul-de-sac de la), fauxbourg S. Antoine,	Rue de Charonne.
Croix-Faubin barriere de la),	
Croix-Rouge (carrefour de la), fauxbourg Saint Germain,	Rues de Grenelle, du Four & de Seve.
Croix du Trahoir (carrefour de la), quartier du Louvre,	Rue Saint Honoré & rue de l'Arbre-Sec.
Croule-barbe (rue), fauxbourg Saint Marcel,	Moulin Croulebarbe & haut de la rue Mouffetard.
Crucifix (rue du), quartier Saint Jacques,	Saint Jacques de la Boucherie & Eglise Saint Jacques.
Crucifix (cul-de-sac du), Q. Saint Denis,	Rue du petit Carreau.
Crusol (rue de), quartier du Pont-aux-Choux.	Rue des Fossés du Temple & d'Angoulême.
Culture S. Catherine (rue), quartier S. Antoine.	Rues saint Antoine & du Parc Royal.
Daguesseau (rue), fauxbourg saint Honoré.	Rue du fauxbourg saint Honoré, rue de Surêne.
Dauphin (rue du), ou S. Vincent, Q. du Palais Royal.	Rue saint Honoré, les Thuileries.
Dauphin (quai) ou des Balcons, Isle Notre-Dame.	Pont de la Tournelle & pointe de l'Isle.
Dauphine (rue), quartier saint André.	Le Pont-neuf & rue de la Comédie Françoise.
Dauphine (place), quartier de la Cité.	Le Pont-neuf & la rue du Harlay.
Dechargeurs (rue des), quart. sainte Opportune.	Rue de la Feronnerie, rue des Mauvaises-paroles.
Dégrés (rue des grands), Q. place Maubert.	Rue de Bievre & le bord de l'eau.
Demi-saint (rue du), quart. du Louvre.	Cloître S. Germain-l'Auxerrois, rue des F. S. Germain.

Denis

RUES ET QUARTIERS.	TENANS ET ABOUTISSANS.
Denis (rue ſaint), quartier ſaint Denis.	Depuis le Grand-Châtelet juſqu'à la porte ſaint Denis.
Denis (rue neuve ſaint), Q. ſaint Denis.	Rue ſaint Denis & rue ſaint Martin, près la porte.
Denis de la Chartre (enclos de ſaint), quartier de la Cité.	Au bout du pont Notre-Dame.
Denis (rue du fauxbourg S.), fauxbourg ſaint Denis.	Depuis la porte S. Denis juſqu'à la R. du F. S. Lazare.
Denis (rue des Foſſés ſaint), fauxbourg ſaint Denis.	Rue Poiſſonniere & rue ſaint Denis.
Denis (barriere ſaint).	
Deſcartes (rue), fauxbourg Saint Antoine.	Marché S. Antoine & Grande rue du Fauxbourg.
Dominique (rue ſaint), fauxbourg ſaint Germain.	Rue des Sts. Peres & barriere des Incurables.
Dominique (rue ſaint), Q. du Luxembourg.	Rue d'Enfer & rue ſaint Jacques.
Dominique (cul-de-ſac ſaint), fauxbourg ſaint Michel.	Rue ſaint Dominique.
Doubles (pont aux), quartier de la Cité.	Rue de la Bucherie, près l'Archevêché.
Doyenné (rue du), quartier du Palais Royal.	Rue de Matignon & rue ſaint Thomas.
Dragon (cour du), fauxbourg ſaint Germain.	Rue du Sepulchre & Cloitre ſaint Benoît.
Draperie (rue de la), quart. de la Cité.	Rue des Marmouzets, porte du Mai du Palais.
Duras (rue de), fauxbourg ſaint Honoré.	Rue du fauxbourg S. Honoré & Marché d'Agueſſeau.
Echarpe (rue de l'), quartier ſaint Antoine.	Place Royale & rue neuve ſainte Catherine.
Echaudé (rue de l'), quartier du Temple.	Rue de Poitou & vieille rue du Temple.
Echaudé (rue de l'), quartier des Halles.	Rue de la Cordonnerie, rue de la Friperie.
Echaudé (rue de l'), fauxbourg ſaint Germain.	Rue de Seine & rue de Bourbon-le-Château.
Echelle (rue de l'), quartier du Palais Royal.	Rue ſaint Honoré, rue ſaint Louis.
Echiquier (cul-de-ſac de l'), quartier du Temple.	Rue du Temple.
Ecole (quai de l'), Q. du L.	Pont-neuf & quai de Bourbon.
Ecoſſe (rue d'), quartier ſaint Benoit.	Rue ſaint Hilaire & rue du Four.

RUES ET QUARTIERS.	TENANS ET ABOUTISSANS.
Ecouffes (rue des), quartier ſaint Antoine.	Rue du Roi de Sicile & rue des Roſiers.
Ecrivains (rue des), quartier S. Jacques de la Boucherie.	Rue des Arcis & rue de la Savonnerie.
Ecuries (rue des), quartier du Palais Royal.	Rue de l'Echelle, près les Thuileries.
Ecus (rue des Deux), quartier ſaint Euſtache.	Rue de Grenelle, rue des Prouvaires.
Egoût (rue de l'), quartier de la Chauſſée d'Antin.	Grande rue & rue de l'Arcade.
Eloi (rue ſaint), ou de la Savaterie, Q. de la Cité.	Rue de la Draperie & rue de la Calandre.
Eloi (rue ſaint), quartier de la Cité.	Rue de la Barillerie & rue S. Barthelemi.
Eloi (cul-de ſac ſaint), Q. ſaint Paul.	Rue ſaint Paul.
Empereur (cul de-ſac de l'), quartier ſaint Denis.	Rue ſaint Denis.
Enfans rouges (rue des), Q. du Temple.	Rue du grand Chantier & rue Porte-foin.
Enfans de la Trinité (enclos des), quartier ſaint Denis.	Rue Greneta & rue ſaint Denis.
Enfer (rue d'), quartier de la Cité.	Rue Chef S. Landry & porte du Cloitre Notre-Dame.
Enfer (rue d'), quartier du Luxembourg.	Place ſaint Michel & la barriere.
Enfer (rue d'), Nouvelle France.	Rue ſainte Anne & rue de la Voierie.
Epée de bois (rue de l'), faux-bourg ſaint Marcel.	Rue Mouffetard & rue Champ d'Albiac.
Epéron (rue de l'), quartier ſaint André.	Rue ſaint André-des-Arcs, rue du Jardinet.
Eſprit (Cloître du ſaint), quartier de la Greve.	La Greve & rue Vieille-garniſon.
Etienne (rue ſaint) quartier ſaint Denis.	Rue Beauregard & Boulevard ſaint Denis.
Etienne des Grés (rue ſaint), quartier ſaint Benoît.	Rue ſaint Jacques & place ſainte Geneviéve.
Etienne des Grés (Cloitre S.), quartier ſaint Benoît.	Rue ſaint Jacques.
Etienne (rue neuve ſaint), ou des Morfondus, F. S. M.	Rue des Coupeaux, rue Contreſcarpe.
Eſtrapade (rue de l'), ou des Foſſés S. Jacq. Q. S. Benoît.	Rue ſaint Jacques & rue des Poſtes.

RUES ET QUARTIERS.	TENANS ET ABOUTISSANS.
Estrapade (rue de la vieille), quartier saint Benoit.	Place de Fourci & place de l'Estrapade.
Etoile (rue de l'), quartier S. Paul.	Place Moisis, & Carrefour de l'Hôtel de Sens.
Etoile (cul-de-sac de l'), quartier saint Denis.	Rue Thevenot.
Etuves (rue des), quartier saint Martin.	Rue saint Martin & rue Beaubourg.
Etuves (rue des vieilles), Q. saint Eustache.	Rue saint Honoré & rue des Deux-Ecus.
Etuves (rue des vielles), Q. saint Martin.	Rue Beaubourg, rue saint Martin.
Etuves (cul-de sac des), Q. S. Jacques de la Boucherie.	Rue Marivaux.
Evêché (rue de l'), quartier de la Cité.	Parvis Notre-Dame & port l'Evêque.
Evêque (rue de l'), quartier du Palais Royal.	Rue des Frondeurs & rue des Orties.
Eustache (rue neuve saint), quartier Montmartre.	Rue des Fossés Montmartre, rue du petit Carreau.
Faron (cul-de-sac saint), quartier de la Gréve.	Rue de la Tisseranderie.
Fauconniers (rue des), quartier saint Paul.	Rue des Prêtres saint Paul & rue des Barrés.
Favart (rue), quartier de la Comédie Italienne.	Rue de Gretry & le Boulevard.
Femme sans tête (rue de la), Isle de Notre-Dame.	Quai de Bourbon & Isle saint Louis.
Fer (rue du), fauxbourg saint Victor.	Rue des Hauts-fossés saint Marcel & Croix Clamart.
Feraille (quai de la), ou de la Mégisserie.	Descente du Pont-neuf & grand Châtelet.
Fer-à-moulin (rue du), fauxbourg saint Victor.	Rue Mouffetard & rue du Pont aux Biches.
Ferme (rue de la), quartier de la Chaussée d'Antin.	Rue des Mathurins & de l'Egout.
Féronnerie (rue de la), quartier des Halles.	Rue saint Denis & rue saint Honoré.
Ferou (rue), quartier du Luxembourg.	Rue de Vaugirard, Portail saint Sulpice.
Ferou (cul-de-sac de), ou des Prêtres quart. du Luxemb.	Rue Férou.
Fers (rue aux), quartier des Halles.	Fontaine des saints Innocens, Halle aux Poirées.

RUES ET QUARTIERS.	TENANS ET ABOUTISSANS.
Feuillade (rue de la), quartier Montmartre.	Place des Victoires & rue des petits Champs.
Feuillantines (cul-de sac des), fauxbourg saint Jacques.	Fauxbourg saint Jacques & rue saint Jacques.
Feydeau (rue), quartier Montmartre.	Rue Richelieu & rue Montm. au coin de la rue S. Marc.
Fiacre (cul-de-sac saint), q. S. Jacques de la Bouch.	Rue saint Martin.
Fiacre (rue saint), quartier Montmartre.	Rue des Jeux neufs & rue Monmartre.
Figuier (rue du), quartier saint Paul.	Côté de l'Hôtel de Sens & rue Percée.
Filles Angloises (rue des), fauxbourg saint Marcel.	Rue de l'Oursine & rue de la Barriére.
Filles Angloises (rue des), fauxbourg saint Antoine.	Rue de la Rapée, rue de Charenton.
Filles du Calvaire (rue des), quartier du Temple.	Rue du Temple & vieille rue du Temple.
Filles-Dieu (rue des), quartier saint Denis.	Rue saint Denis près la Porte, rue sainte Foi.
Filles-Dieu (cul-de-sac des), quartier saint Denis.	Rue des Fossés saint Denis.
Filles-Dieu (rue neuve des), quartier saint Denis.	Rue saint Etienne & rue Poissonniere.
Filles saint Thomas (rue des), quartier Montmartre.	Rue de Richelieu & rue neuve Notre-Dame des Victoires.
Foi (rue sainte), quartier saint Denis.	Rue des Filles-Dieu, & rue saint Denis.
Foin (rue du), quartier saint Antoine.	Rue saint Louis, rue du Parc royal.
Foin (rue du), quartier saint André.	Rue de la Harpe & rue saint Jacques.
Foire (rue de la) quartier du Luxembourg	Rue du Four & Foire saint Germain.
Folie (rue de la), fauxbourg du Temple.	Fauxbourg du Temple & rue Mesnilmontant.
Folie-Regnault (rue de la), fauxbourg saint Antoine.	Rue des murs de la Roquette & rue saint André.
Folimoricau (rue), quartier du Pont aux-Choux.	Rue de Menilmontant & du fauxbourg du Temple.
Fontaine du Roi (rue de la), fauxbourg saint Victor.	Rue neuve d'Orléans & rue Françoise.
Fontaines (rue des), fauxbourg du Temple.	Rue de la Folie Moricourt & rue chemin saint Denis.

RUES ET QUARTIERS.	TENANS ET ABOUTISSANS.
Fontaines (rue des) quartier ſaint Martin.	Rue de la Croix & rue du Temple.
Forès (rue du), quartier du Temple.	Rue Charlot & rue Beaujolois.
Fort-aux-Dames (cul-de-ſac du), Q. S. Jacq. de la B.	Saint Jacques de la Boucherie, rue de la Haumerie.
Foſſe-aux-chiens (cul-de-ſac de la) quart. S. Oportune.	Rue des Bourdonnois.
Foſſés Montmartre (rue neuve des), quartier Montmartre.	Rue de Richelieu & r. Montmartre.
Foſſoyeurs (rue des) quartier du Luxembourg.	Egliſe ſaint Sulpice & rue de Vaugirard.
Fouare (rue du), quartier ſaint Benoît.	Rue de la Bucherie & rue Gallande.
Four (rue du), quartier du Luxembourg.	Côté de la Croix rouge & rue de Buſſy.
Four (rue du), quartier de l'Univerſité.	Rue d'Ecoſſe & rue des ſept Voies.
Four (rue du), quartier S. Euſtache.	Rue ſaint Honoré, Portail ſaint Euſtache.
Four-Baſſet (rue du) quartier de la Cité.	Rue aux Féves & rue de la Juiverie.
Fourci (rue de), ou Senſée, quartier ſaint Paul.	Rue ſaint Antoine & rue des Nonaindieres.
Fourcy (place de), quartier ſaint Benoit.	Rues de la vieille Eſtrapade, S. Marcel & Contreſcarpe.
Fourcy (cul-de-ſac de), ou Guepine, quartier S. Paul.	Rue de Joui.
Fourreurs (rue des), quartier ſainte Oportune.	Rue des Déchargeurs & Cloître ſainte Oportune.
Françoiſe (rue), quartier des Halles.	Rue Pavée & rue Mauconſeil.
Françoiſe (rue), fauxbourg ſaint Victor.	Rue Gracieuſe & rue Puits l'Hermite.
François (rue ſaint), quartier du Marais.	Rue ſaint Louis & vieille rue du Temple.
Francs-Bourgeois (rue des), quartier ſaint Antoine.	Vieille rue du Temple & rue neuve ſainte Catherine.
Francs-Bourgeois (rue des), quartier du Luxembourg	Rue des Foſſés M. le Prince & Place ſaint Michel.
Francs-Bourgeois (rue des), Fauxbourg ſaint Marcel.	Vers la Barriere de l'Eſtrapade près ſaint Marcel.
Frépillon (rue), quartier S. Martin.	Rue du Puits de Rome & rue de la Croix.

Rues et Quartiers.	Tenans et aboutissans.
Friperie (rue de la) grande & petite, quartier des Halles.	Rue de la Lingerie & Carrefour du Pont Alets.
Friperie (rue de la petite), Q. des Halles.	Halle aux Poirées & rue de la Tonnellerie.
Fromenteau (rue), quartier du Palais Royal	Place du Palais royal & Galleries du Louvre.
Fromentel (rue), quartier S. Benoît.	Rue saint Jean de Beauvais & Cimetière saint Benoît.
Frondeurs (rue des), quartier du Palais Royal.	Rue saint Honoré & rue de l'Anglade.
Fumier (rue du), Fauxbourg saint Antoine.	Rue Moreau & rue des Fossés saint Antoine.
Fusriemberg (rue), quartier S. Germain.	Enclos de l'Abbaye saint Germain.
Fuseaux (rue des), quartier sainte Oportune.	Rue saint Germain l'Auxerrois Quai de la Feraille.
Gaillon (rue), quartier Montmartre.	Rue neuve saint Augustin & rue neuve des Petits Ch.
Galande (rue), quartier saint Benoît.	Place Maubert & rue saint Jacques.
Galeries du Louvre (quai des) quartier du Palais Royal.	Palais royal, le long des Galeries du Louvre.
Garenciere (rue) quartier du Luxembourg.	Rue des Aveugles & rue de Vaugirard.
Garnisons (rue des vieilles), quartier de la Grêve.	Rue de la Verrerie, derriere le saint Esprit.
Gautier-Renaud (rue), Fauxbourg saint Marcel.	Rue S. Marcel & chemin de Villejuif.
Genevieve (rue sainte) rue & montagne Ste Genevieve.	Place Maubert & Fontaine sainte Genevieve.
Genevieve place (sainte), Q. saint Benoît.	Rues S. E. des Grés, des sept Voies, & Mont. S. Gen.
Genevieve (rue neuve Ste), Fauxbourg saint Marcel.	Place de Fourci & rue des Posles.
Geoffroi-l'Angevin (rue) Q. saint Martin.	Rue sainte Avoye, rue Beaubourg.
Geoffroi-l'Asnier (rue), Q. saint Paul.	Rue saint Antoine & Port au Foin.
George (rue saint) Fauxbourg Montmartre.	Rue Baudin & rue des Porcherons.
Georgeot (rue du clos) quartier du Palais Royal.	Rue sainte Anne & rue Traversière.
Georges (rue saint), quartier de la Chaussée d'Antin.	Rue des Martyrs & Chantrene.

RUES ET QUARTIERS.	TENANS ET ABOUTISSANS.
Gerard-Boquet (rue), quartier saint Paul.	Rue des Lions & rue Beautreillis.
Germain-l'Auxerrois (rue S.) quartier sainte Opportune.	Carrefour des trois Maries, Marché de l'Apport Paris.
Germain l'Auxerrois (rue des fossés saint), quart. du L.	Rue des Poulies & rue du Roule.
Germain l'Auxerrois (Cloître saint), quartier du Louvre.	Rues de l'Arbre-sec, des Prêtres & du petit Bourbon.
Germain-des-Prés (rue des fossés saint), ou de la Comédie-Franç. Q. du Lux.	Rue de Condé & rue Mazarine.
Germain (rue de l'Egoût S.), Fauxbourg saint Germain.	Rue du Four & rue saint Benoît.
Germain (Barriere saint).	
Gervais-Laurent (rue), Q. du Marais.	Rue saint François & rue de Thorigny.
Gervais-Laurent (rue), Q. de la Cité.	Rue de la Lanterne, rue de la vieille Draperie.
Gervais (rue culture saint), quartier du Marais.	Vieille rue du Temple & rue de Thorigny.
Gevres (rue de), Q. S. Jacq. de la Boucherie.	Pont Notre-Dame, Quai de la Feraille.
Gevres (quai de), Q. S. Jacq. de la Boucherie.	Pont Notre-Dame & Pont au Change.
Giles (rue saint), grande & petite, quartier du Marais.	Rue saint Louis & rue saint Antoine
Gindre (rue du), quartier du Luxembourg,	Rue du vieux Colombier & rue de Méziere.
Gist-le-cœur (rue du), quart. tier saint André.	Quai des Augustins & rue saint André des Arts.
Glatigny (rue de), quartier de la Cité.	Rue des Marmouzets, près l'Hôtel des Ursins.
Gloriette (cul-de-sac), quart. saint Benoît.	Rue du petit Pont.
Gobelins (rue des), ou de Bievre, Fauxb. S. Marcel.	Rue saint Marcel, rue de Biévre.
Gonesse (rue de), Fauxbourg saint Germain.	Enclos de la Foire saint Germain.
Gourtin (cul-de-sac), ou rue saint Pierre.	
Grammont (rue de), quart. Montmartre.	Rue sainte Anne & le Boulevard.
Grammont (Pont de), quart. saint Paul.	Quai des Célestins, Isle Louvier.

Rues et Quartiers.	Tenans et aboutissans.
Grand-Prieur (rue du), Q. du Pont-aux-Choux.	Rue de la Tour & Folimoricau.
Grange-Bateliere (rue de la), Fauxbourg Montmartre.	Rue de Richel'eu & rue du Fauxbourg Monmartre.
Grange-Bateliere (cul de-ſac de la), Fauxb. Mont.	Rue de la Grange-Bateliére.
Grange aux Merciers (rue de la), Fauxb. S. Antoine.	Rue de la Vallée de Fécamp, Rue de Berci.
Gracieuſe (rue), Fauxb. S. M.	Rue Copeau & rue du Noir.
Gravilliers (rue des), quart. ſaint Martin.	Rue Tranſnonain & rue du Temple.
Grenelle (rue de), fauxbourg ſaint Germain.	Depuis la Croix rouge juſqu'à la Barriere des Invalides.
Grenelle (rue de), quartier ſaint Euſtache.	Rue Coquilliere & rue ſaint Honoré.
Greneta (rue), quartier ſaint Denis.	Rue ſaint Martin, près ſaint Nicolas des Champs.
Grenier-Saint-Lazare, quartier ſaint Martin.	Rue ſaint Martin & rue Michel le Comte.
Grenier ſur l'eau (rue des), quartier de la Gréve.	Rue des Barres & rue Geoffroi-l'Aſnier.
Grenouillere (rue de la) ou des Poirées, Q. S. Benoît.	Rue ſaint Jacques & rue des Cordiers.
Grenouillere (quai de la) quartier ſaint Germain.	Il commence au quai d'Orſai, & s'étend du côté de l'Avenue.
Greiry (rue de), quartier de la Comédie Italienne.	Rue de Grammont & Favart.
Greve (place de la) quartier de la Greve.	Quai Pelletier, rue du Mouton & du Martroi.
Gril (rue du) fauxbourg ſaint Marcel.	Rue neuve d'Orléans & rue Cenſier.
Groſniere ou Gronier (rue) quartier des Halles.	Rue de la Friperie, rue de la Cordonnerie.
Guenegaut (rue), fauxbourg ſaint Germain.	Quai de Conti & rue Mazarine.
Guepine (cul-de-ſac) ou de Fourcy, quartier ſaint Paul.	Rue de Joui.
Guerin-Boiſſeau (rue) quartier ſaint Denis.	Rue ſaint Denis, vis-à-vis ſaint Martin des Champs.
Guichet (cul-de-ſac du), fauxbourg ſaint Germain.	Rue Bourbon-le-Château.
Guillaume (rue), fauxbourg ſaint Germain.	Rue ſaint Dominique & rue des Saints-Peres.

Guillaume

RUES ET QUARTIERS.	TENANS ET ABOUTISSANS.
Guillaume (rue), isle Notre-Dame,	Rue saint Louis & quai d'Orléans.
Guillemin (rue), quartier du Luxembourg.	Rue du Four & rue du Vieux-Colombier.
Guilleri (carrefour), quartier de la Gréve.	Rues de la Coutellerie & Planche-Mibrai.
Guimenée (cul-de-sac de), quartier saint Antoine.	Rue saint Antoine.
Guisarde (rue), quartier du Luxembourg.	Rue des Canettes & Foire Saint-Germain.
Harangerie (rue de la), qr-tier sainte Opportune.	Cloître Ste Opportune & place du Chevalier du Guet.
Harangerie (rue de la vieille), quartier sainte Opportune.	Cloître Ste Opportune & Place du Chevalier du Guet.
Harlai (rue du), quartier de la Cité.	Quai des Orfévres, quai des Morfondus.
Harlai (rue du), quartier du Marais.	Rue saint Claude & les Boulevards.
Harpe (rue de la), quartier saint André.	Depuis la rue de la vieille Boucleric jusqu'à la Pl. S. M.
Hautefeuille (rue), quartier saint André.	Rue saint André-des-Arts & rue des Cordeliers.
Hautefort (rue) quartier saint Benoît.	Rue des Bourguignons & rue des Lyonnois.
Hauts-fossés (rue des) S. Marcel, faubourg saint Marcel	Les Gobelins & rue du Fer.
Haut-Moulin (rue du), quartier de la Cité.	Rue de la Lanterne & rue de Glatigny.
Haut-Pavé, (rue du) Place Maubert.	Place Maubert.
Hazard (rue du), quartier du Palais Royal.	Rue sainte Anne, rue Traversiere.
Heaumerie (rue de la), Q. S. Jacques de la Boucherie.	Rue saint Denis, près saint Jacques de la Boucherie.
Hennequin (rue), quartier Montmartre.	Fauxbourg Montmartre & la Campagne.
Hermites (rue des deux), quartier de la Cité.	Rue des Marmouzets & rue Cocatrix.
Heurleur (rue du grand), quartier saint Martin.	Rue saint Martin & rue Bourg-l'Abbé.
Heurleur (rue du petit), quartier saint Denis.	Rue saint Denis & rue Bourg-l'Abbé.
Hyacinthe (rue S.), ou des fossés S. Michel, Q. S. André.	Place saint Michel & rue saint Jacques.

Rues et Quartiers.	Tenans et aboutissans.
Hyacinthe (cul-de-ſac ſaint), quartier du Palais Royal.	Rue de la Sourdiere.
Hilaire (rue S.) ou du Mont ſaint Hilaire ou du Puits Certain, quartier ſaint Benoît.	Rue des Carmes, rue ſaint Jean de Beauvais.
Hillerin-Bertin (rue), quartier ſaint Germain.	Rue de Varenne, rue de Grenelle.
Hyppolyte (rue ſaint), fauxbourg ſaint Marcel.	Rue de l'Ourſine & rue du fauxbourg ſaint Marcel.
Hirondelle (rue de l'), quartier ſaint André.	Rue Gît-le-cœur & Place du Pont ſaint Michel.
Honoré (rue ſaint), quartier du Palais Royal.	Depuis le Cimetiere des ſaints Innocents juſqu'à la Place de Louis XV.
Honoré (rue du fauxbourg S.), fauxbourg ſaint Honoré.	Depuis la Porte ſaint Honoré juſqu'au Roule.
Honoré (Cloître ſaint), quartier ſaint Euſtache.	Rue S. Honoré, Croix des petits Champs & des Bons-Enfans.
Honoré-Chevalier (rue), quartier du Luxembonrg.	Rue Caſſette & rue Pot-de-Fer.
Horloge (quai de l') ou des Morfondus, Q. de la Cité.	Pont au Change, Pont Neuf.
Hoſpitalieres (cul-de-ſac des), quartier S. Antoine.	Rue du Parc-Royal.
Hôtel-Dieu (rue de l') ou Chauſſée-Gaillot, quartier des Porcherons.	Rue ſaint Honoré, rue des Porcherons.
Hôtel-Dieu (Pont de l'), quartier de la Cité.	Il ſert à la communication des ſalles de cet Hôpital.
Huchette (rue de la) quartier ſaint André.	Rue du Petit-Pont & Place Pont ſaint Michel.
Huchette (rue de la), quartier de la Cité	Rue ſaint Chriſtophe & rue neuve Notre Dame.
Hurepoix (rue du) quartier ſaint André.	Place ſaint Michel & quai des Auguſtins.
Jacinthe (rue), Place Maubert.	Rue Gallande & rue des trois Portes.
Jacob (rue), fauxbourg ſaint Germain.	Rue de SaintsPeres & rue du Colombier.
Jacobins (cloître des) quartier du Palais Royal.	Rue ſaint Honoré & cul-de-ſac ſaint Hyacinthe.
Jacques de la Boucherie (rue S.), Q. S. Jacq de la Bouc.	Le grand Châtelet & rue Planche-Mibrai.

RUES ET QUARTIERS.	TENANS ET ABOUTISSANS.
Jacques de la Boucherie (cloître saint), quart. saint Jacques de la Boucherie.	Rues des Ecrivains, du Crucifix & de Marivaux.
Jacques (rue saint), quartier saint Benoît.	Depuis la fontaine S. Severin jusqu'à celle des Carmélites.
Jacques (rue des fossés S.), ou de l'Estrapade, Q. S. Benoît.	Rue saint Jacques & rue des Postes.
Jacques (Vieille rue saint) ou Censier, fauxb. S. Marcel.	Rue Mouffetard & rue du Jardin du Roi.
Jacques (rue du fauxbourg S.), quartier saint Benoît.	Depuis la fontaine des Carmélites jusqu'à l'Observatoire.
Jacques (Barriere saint).	
Jacques de l'Hôpital (Cloître saint), quartier des Halles.	Rue Mauconseil & rue Mondétour.
Jardin du Roi (rue du) ou rue du fauxbourg saint Victor,	Depuis la Pitié jusqu'à la Croix de Clamart.
Jardin du Roi (cul-de-sac du) Fauxbourg saint Victor.	Rue de Seine.
Jardinet (rue du) quartier saint André.	Rue du Paon & rue Mignon.
Jardinet (rue du petit) fauxbourg saint Antoine.	Rue saint Bernard.
Jardinet (cul-de-sac du), fauxbourg saint Antoine.	Rue saint Bernard.
Jardins (rue des), quartier saint Paul.	Rue des Prêtres saint Paul & rue des Barrés.
Jean-Beau-Sire (rue), quartier saint Antoine.	Près la porte saint Antoine, rue saint Antoine.
Jean de Beauvais (rue saint), quartier de l'Université.	Rue des Noyers & Puits-Certain.
Jean saint Denis (rue), quartier du Louvre.	Rue saint Honoré & rue de Beauvais.
Jean de l'Epine (rue), quartier de la Gréve.	Rue Jean-Pain-Mollet, rue de la Vannerie.
Jean en Gréve (Cloître saint), quartier de la Gréve.	Rue du Pet-au-diable & rue du Monceau.
Jean-Gilles (rue) ou rue de la Réale, quart. des Halles.	Rue de la Truanderie, les petits Piliers.
Jean-Lantier (rue), quartier sainte Opportune.	Rue des Lavandieres & rue des Trois-Visages.
Jean de Latran (rue S.) quart. de l'Université.	Rue saint Jean-de-Beauvais, vis-à vis le Collége Royal.
Jean de Latran (enclos de S.), quartier de saint Benoît.	Devant le College de Cambrai & rue S. Jean-de-Beauvais.

RUES ET QUARTIERS.	TENANS ET ABOUTISSANS.
Jean-le-Maître (rue) ou rue des Cholets, Q. de l'Univerſité.	Rue ſaint Jacques & rue des Chiens.
Jean-Pain-Mollet (rue) quartier de la Gréve.	Rue des Arcis & rue Jean-de-l'Epine.
Jean-Robert (rue) quartier ſaint Martin.	Rue ſaint Martin & rue Tranſnonain.
Jean-Tiſon (rue) quartier du Louvre.	Rue Bailleul, rue des Foſſés Saint Germain-l'Auxerrois.
Jerôme (rue ſaint) quart. S. Jacques de la Boucherie.	Quai de Geſvres & rue de la Place aux Bœufs.
Jeruſalem (cul-de-ſac de), quartier de la Cité.	Rue ſaint Chriſtophe.
Jeſuites (cul-de-ſac des), quartier ſaint Paul.	Rue ſaint Paul.
Jeu-de-Metz (cul-de-ſac du), quartier ſaint André.	Rue ſaint André-des-Arts.
Jeux-neufs (rue des) ou des Jeuneurs, Q. Montmartre.	Rue Montmartre & rue du Centier.
Jolivet (rue), quartier de la Nouvelle-France.	Rue de Rochechouart & rue ſainte Anne.
Joquelet (rue) quartier Montmartre.	Rue Montmartre, rue Notre-Dame des Victoires.
Joſeph (rue ſaint) quartier Montmartre.	Rue Montmartre & rue du gros Chenet.
Joui (rue de), quart. S. Paul.	Rue S. Ant. & rue de Fourci.
Jour (rue du), quartier ſaint Euſtache.	Portail ſaint Euſtache, rue Montmartre.
Joyaillerie (rue de la) ou de la Jouaillerie, quartier ſaint Jacques de la Boucherie.	Quai de Geſvres, Boucherie de l'Apport Paris.
Judas (rue) quartier de l'Univerſité.	Rue des Carmes & Montagne ſainte Geneviéve.
Juifs (rue des), quartier ſaint Antoine.	Rue du Roi de Sicile & rue des Roſiers.
Juiverie (rue de la) quartier de la Cité.	Rue de la Lanterne & rue du Marché Palu.
Julien le Pauvre (rue ſaint), quartier ſaint Benoit.	Rue de la Bucherie & rue Galande.
Julien le Pauvre (Cloître S.), quartier ſaint Benoit.	Rue Galande & rue ſaint Julien.
Julien le Pauvre (Cour de S.), quartier ſaint Benoit.	Rue Galande & rue ſaint Julien.
Juſſienne (rue de la), quartier ſaint Euſtache.	Rue Montmartre & rue Coquéron.

RUES ET QUARTIERS.	TENANS ET ABOUTISSANS.
Lahoussaye (rue de), quartier de la Chaussée d'Antin.	Rues de Provence & Chantrene.
Lambert (rue saint , ou rue de Condé, Q. du Luxembourg.	Rue de la Comédie Françoise & rue de Vaugirard.
Lamoignon (rue de la), quartier de la Cité.	Cour neuve du Palais, rue des Marmouzets.
Lamoignon (cour de), quartier de la Cité.	Cour neuve du Palais & Quai des Morfondus.
Lanterne (rue de la), quartier de la Cité.	Rue de la Juiverie & Pont Notre-Dame.
Landry (rue saint) quartier de la Cité.	Rue des Marmouzets & église de saint Landri.
Langlade (rue de) Q. du P. R.	Rues l'Evêque & Traversiere.
Lanterne (rue de la vieille), Q. S. Jacq. de la Boucherie.	Rue Planche-Mibrai & rue saint Jerôme.
Lape (rue de), quartier saint Antoine.	Rue de la Roquette & rue de Charonne.
Lard (rue au), quartier des Halles.	Rue de la Lingerie, Boucherie de Beauvais.
Latour (rue de), quartier du Pont-aux-Choux.	Rue des Fossés du Temple & du Grand-Prieur.
Lavandieres, (rue des), place Maubert.	Rue des Noyers & place Maubert.
Lavandieres (rue des) quartier sainte Opportune.	Rue S. Germain - l'Auxerrois & Cloître Ste Opportune.
Laurent (rue saint), fauxbourg saint Denis.	Rue du fauxbourg S. Laurent & rue du fauxb. S. Lazare.
Laurent (rue du fauxbourg S.), fauxbourg saint Martin.	Depuis la Grille S. Martin jusqu'au chemin de la Villette.
Laurent (cul-de-sac saint), quartier saint Denis.	Rue des Fossés saint Denis.
Laurent (rue neuve saint), quartier saint Martin.	Rue du Temple & rue du Verd-Bois.
Lazare (rue du fauxb. saint), fauxbourg saint Denis.	Depuis la Grille saint Denis jusqu'à la campagne.
Lencry (rue de).	Derriere l'Opéra.
Lenoir (rue), fauxbourg S. Antoine.	Marché S. Antoine & grande rue du Fauxbourg.
Lesdiguieres (rue de); quartier saint Paul.	Rue saint Antoine, rue de la Cerisaye.
Leufroi (rue saint), quartier sainte Opportune.	Près le grand Châtelet.
Levrette (rue de la), quartier de la Gréve.	Chef saint Jean en Gréve & port au bled.

Rues et Quartiers.	Tenans et aboutissans.
L'Homme-Armé (rue de), quartier ſainte Avoye.	Rue ſte Croix de la Bretonnerie, r. des Blancs-Manteaux.
Licorne (rue de la), quartier de la Cité.	Rue ſaint Chriſtophe & rue des Marmouzets.
Limace (rue de la), quartier ſainte Opportune.	Rue des Bourdonnois, rue des Déchargeurs.
Limoges (rue de), quartier du Marais.	Rue de Poitou & rue de Bretagne.
Lingerie (rue de la), quartier des Halles.	Rue ſaint Honoré, Halle aux poirées.
Lion (rue du petit (, quartier du Luxembourg.	Rue de Condé & rue du petit Bourbon.
Lion (rue du petit), quartier ſaint Denis.	Rue Pavée, rue ſaint Denis.
Lionnois (rue des), fauxbourg ſaint Marcel.	Rue des Charbonniers & rue de l'Ourſine.
Lions (rue des), quartier ſaint Paul.	Rue ſaint Paul, rue du petit Muſc.
Lombards (rue des), quart. S. Jacques de la Boucherie.	Rue ſaint Denis & rue de la Verrerie.
Long-Pont (rue de), quartier de la Gréve.	Portail ſaint Gervais, port au bled.
Longue-Allée (rue de la), quartier ſaint Denis.	Rue ſaint Denis & rue des Egoûts du Ponceau.
Louis-le-Grand (rue de), Quartier Montmartre.	Rue neuve des petits Champs, rue ſaint Honoré.
Louis-le-Grand (place de), ou de Vendôme, Q. du Pal. R.	Rue des Capucines & rue ſaint Honoré.
Louis (rue ſaint), quartier du Marais.	Rue Boucherat, près la place royale.
Louis (rue ſaint), quartier de la Cité.	Pont ſaint Michel & quai des Orfévres.
Louis (rue ſaint), quartier du palais royal.	Rue ſaint Honoré, rue de l'Echelle.
Louis (rue ſaint) Iſle Notre-Dame.	Quai d'Alençon & quai d'Orléans.
Louis de l'Hôpital (rue ſaint), fauxbourg ſaint Laurent.	Rue ſaint Maur, rue des Récollets.
Louvre (rue du) ou de l'Oratoire, quartier du Louvre.	Le Louvre & rue ſaint Honoré.
Louvre (place du), quartier du Louvre.	Rues de Beauvais, du Chantre & Froidmanteau.
Louvre (quai du), quartier du Louvre.	Galleries du Louvre & quai de Bourbon.

RUES ET QUARTIERS.	TENANS ET ABOUTISSANS.
Lune (rue de la), quartier ſaint Denis.	Rue Poiſſonniere, baſſe rue ſaint Denis.
Luxembourg (rue du), quartier du palais royal.	Rue ſaint Honoré & baſſe rue ſaint Honoré.
Macon (rue), quartier ſaint André.	Rue ſaint André des-Arts & rue de la vieille Bouclerie.
Maçons (rue des), quartier ſaint André.	Rue des Mathurins, place de Sorbonne.
Magdeleine (rue de la), quartier de la Ville-l'Evêque.	Egliſe de la Magdeleine de la Ville-l'Evêque.
Magloire (rue ſaint), Q. S. Jacques de la Boucherie.	Rue Salle-au-Comte, rue ſaint Denis.
Magloire (Cloître S.), Q. S. Jacques de la Boucherie.	Rue ſaint Denis & rue Salle-au-Comte.
Mail (rue du), quartier Montmartre.	Rue Montmartre, près les petits Peres.
Maillet (rue du), fauxbourg ſaint Michel.	Rue du fauxbourg S. Jacques, réſervoir d'Arcueil.
Malaquais (quai de) ou des Théatins, faub. S. Germain.	Pont royal & quai des quatre Nations.
Malthe (rue de), quartier du Pont-aux-Choux.	Rue d'Angoulême & de Menilmontant.
Maltois (rue) ou Martrois, quartier de la Grêve.	Sous l'Hôtel-de-Ville, rue du Monceau.
Marais (rue des), fauxbourg ſaint Martin.	Rue du fauxbourg S. Lazare & rue du fauxb. du Temple.
Marais (rue des) du Temple, fauxbourg du Temple.	Rue du fauxbourg du Temple, rue du Ménil-montant.
Marais (rue des), fauxbourg ſaint Germain.	Rue de Seine & rue des petits Auguſtins.
Marais (rue des), fauxbourg ſaint Antoine.	Rue des Foſſés S. Antoine & rue Moreau.
Marc (rue S.), Q. Montm.	Rues de Richelieu & Montm.
Marc (rue neuve ſaint), Q. de la Comédie Italienne.	Rue de Richelieu à la Comédie.
Marc-Antoine (petite rue), quart. du March aux chev.	Grande rue du Banquier, boulevard neuf.
Marcel (rue ſaint) fauxbourg ſaint Marcel.	Rue Mouffetard & rue Gautier-Renaud.
Marcel (Cloître ſaint), fauxbourg ſaint Marcel.	Rue Mouffetard & des Francs-Bourgeois.
Marcel (rue des foſſés S.) ou rue de la vieille Eſtrapade,	Place de Fourci, place de l Eſtrapade.
Marcel (Barriere de ſaint).	

RUES ET QUARTIERS.	TENANS ET ABOUTISSANS.
Marche (rue de la) quartier du Marais.	Rue de Bretagne & rue de Poitou.
Marché des Quinze-Vingts, (cour & Boucherie du),	Rue faint Honoré, rue faint Nicaife.
Marché-neuf (rue du) quartier de la Cité.	Rue faint Germain le vieil & rue neuve Notre-Dame.
Marché-Palu (rue du) quartier de la Cité.	Rue de la Juiverie, petit Pont.
Marguerite (rue fainte), fauxbourg faint Germain.	Rue de l'Egoût, petit Marché.
Marguerite (rue fainte), fauxbourg faint Antoine.	Rue du fauxbouxg faint Antoine & rue de Charonne.
Marie (rue Ste.), F. S. Ger.	Rue de Bourb. & de Verneuil.
Marie (Pont), Ifle Notre-Dame.	Rue des Nonaindieres & des deux Ponts.
Marigny (rue de), fauxbourg faint Honoré.	Grande rue & les Champs Elifées.
Marine (cul-de-fac fainte), quartier de la Cité.	Rue faint Pierre aux Bœufs.
Marion (voyez *Abreuvoit*).	
Marionnettes (rue des) quartier faint Benoit.	Rue S. Jacques, près le Val-de-Grace, r. de l'Arbalétre.
Marivaux (grande rue de), Q. S Jacques de la Bouch.	Rue des Lombards & rue des Ecrivains.
Marivaux (petite rue de) Q. S. Jacques de la Boucherie.	Rue Marivaux, rue de la vieille Monnoie.
Marivaux (rue de), quartier de la Comédie Italienne.	Rue de Gretry & le Boulevard.
Marmouzets (rue des), quartier de la Cité.	Rue de la Juiverie & rue des Chanoineffes.
Marmouzets (rue des), fauxbourg S. Marcel.	Eglife de fainte Hyppolite & rue de Bievre.
Martel (rue de), fauxbourg faint Martin.	Rue de Paradis & des Petites Ecuries.
Martial (cul-de-fac faint), quartier de la Cité.	Rue de la Savaterie.
Martin (rue faint), quartier faint Martin.	Depuis faint Merry jufqu'à la Porte faint Martin.
Martin (rue neuve faint), quartier faint Martin.	Rue faint Martin & rue Notre-Dame de Nazareth.
Martin (rue des foffés S.), fauxbourg faint Martin.	Porte faint Martin, rue du fauxbourg du Temple.
Martin (rue du fauxb. faint), fauxbourg faint Martin.	Depuis la porte S. Martin jufqu'à la grille, f. S. Martin.

Martin

RUES ET QUARTIERS.	TENANS ET ABOUTISSANS.
Martin (enclos de saint), quartier saint Martin.	Rue saint Martin.
Martin des Champs (cloître S.) fauxbourg saint Martin.	Rue saint Martin.
Martin (Barriere de saint).	
Martrois, (voyez *Maltois*.	
Mathurins (rue des), quartier saint André.	Rue saint Jacques & rue de la Harpe.
Mathurins (rue du), quartier de la Chaussée d'Antin	Grande rue & rue Tarade.
Matignon (grande rue de), quartier du Louvre.	Gallèries du Louvre & rue du Doyenné.
Matignon (petite rue de), quartier du Louvre.	Galleries du Louvre, grande rue de Matignon.
Maubert (place), quartier de la place Maubert.	Rues Galande, d'Amboise & Montagne Ste Genevieve.
Maubué (rue), quartier saint Martin.	Rue Simon-le-Franc, rue saint Martin.
Mauconseil (rue), quartier des Halles.	Rue Comtesse d'Artois, rue saint Denis.
Maur (rue de la cour du), quartier saint Martin.	Rue saint Martin, rue Beaubourg.
Maur (rue saint), fauxbourg saint Laurent.	Rue chemin saint Denis, derriere l'Hôpital saint Louis.
Maur (rue saint), quartier du Luxembourg.	Rue de Seve & rue des vieilles Thuileries.
Mauvais-Garçons (rue des), quartier de la Grêve.	Rue de la Tisseranderie & rue de la Verrerie.
Mauvais-Garçons (rue des), fauxbourg saint Germain.	Rue des Boucheries, rue de Bussy.
Mauvaises-Paroles (rue des), quartier sainte Opportune.	Rue des Bourdonnois, rue des Lavandieres.
Mazarine (rue), fauxbourg saint Germain.	Rue de la Com. franç. derriere le College des 4 Nations,
Mazure (rue), quartier saint Paul.	Place aux Veaux, rue de la Mortellerie.
Medard (rue neuve S.) ou d'Ablon, fauxb. S. Marcel.	Rue Mouffetard & rue Gracieuse.
Megisserie (quai de la), ou de la Féraille, Q. Ste Opportune.	Descente dn Pont-neuf & du grand Châtelet.
Mélay (rue), quartier saint Martin.	Rue saint Martin près la porte, au haut de la rue du Temple.
Menetriers (rue des), quartier saint Martin.	Rue saint Martin & rue Beaubourg.

RUES ET QUARTIERS.	TENANS ET ABOUTISSANS.
Menil-montant (rue du), fauxbourg du Temple.	Rue des fossés du Temple, près le réservoir.
Merci (rue de la), ou du Chaume, Q. sainte Avoye.	Rue de l'Homme armé & rue du grand Chantier.
Merciere (rue) quartier saint Eustache.	Rue de Grenelle & rue de Viarmes.
Merry (rue neuve saint), quartier saint Martin.	Rue saint Martin & de sainte Croix de la Bretonnerie.
Merry (rue du Cloitre S.), quartier saint Martin.	Rue saint Martin, rue de la Verrerie.
Merry (Cloître saint), quartier saint Martin.	Rue saint Martin & de la Verrerie.
Meurier (rue du), place Maubert.	Rue Traversine, rue saint Victor.
Méziére (rue), quartier du Luxembourg.	Rue Cassette, rue Pot de Fer.
Michaudiere (rue de la), Q. de la Comédie Italienne.	Rue d'Aiguillon & le Boulevard.
Michaudiere (rue de la), F. saint Martin.	Rue de Paradis & des Petites Ecuries.
Michel-le-Comte (rue), quartier saint Martin.	Rue Grenier saint Lazare & des vieilles Audriettes.
Michel (pont saint), quartier de la Cité.	Rue de la Barillerie, place du Pont saint Michel.
Michel (place saint) quartier saint André.	Rues de la Harpe, saint Hyacinthe & d'Enfer.
Michel (rue des fossés S.) ou rue saint Hyacinte, quartier saint André.	Place S. Michel & rue saint Jacques.
Michel (cul-de-sac du grand saint), fauxbourg S. Laurent.	Rue du Fauxbourg saint Laurent.
Michel (Barriére de saint)	
Mignon (rue), Q. S. André.	Rues du Battoir & du Jardinet
Millet (rue), fauxb. S. Hon.	Grande rue & les Ch. Elisées.
Minimes (rue des), quartier du Marais.	Rue saint Louis & rue des Tournelles.
Miracles (cour des), quartier saint Denis.	Rue neuve S. Sauveur.
Mironesnil (rue de), F. S. H.	Grande rue & la rue Verte.
Moine (rue du petit), Fauxbourg saint Marcel.	Rue saint Marcel & rue de la Barre.
Moineaux (rue des), quartier du Palais Royal.	Rue saint Roch & rue des Orties.

RUES ET QUARTIERS.	TENANS ET ABOUTISSANS.
Moliere (rue), quartier du Luxembourg.	Rue de Vaugirard & du Théâtre François.
Monceau (rue du), quartier du Palais Royal.	Rue du Roule & la Campagne.
Monceau (rue du) ſaint Gervais, quartier de la Gréve.	Rue Maltois, Portail ſaint Gervais.
Mondetour (rue), quartier des Halles.	Rue de la Truanderie & rue des Cignes.
Monnoie (rue de la), quartier du Louvre.	Rue du Roule, carrefour des trois Maries.
Monnoie (rue de la vieille), Q. S. Jacq. de la Bouch.	Rue des Lombards & rue de la Savonnerie.
Montagne Sainte Genevieve, Place Maubert.	Place Maubert & Fontaine Sainte Genevieve.
Montfort (rue de) F. du R.	Rue du Fauxb. du Roule.
Montgallet (rue), Fauxbourg ſaint Antoine.	Rues de Reuilli & de la Vallée de Fécamp.
Montholons (rue), fauxbourg ſaint Martin.	Rues Poiſſonniere & de Rochechoire.
Montmartre (rue), quartier Montmartre.	Depuis la pointe S. Euſtache juſqu'à la Porte dite Montm.
Montmartre (Barriére.)	
Montmartre (rue des Foſſés), quartier Montmartre.	Place des Victoires & rue Montmartre.
Montmartre (rue du fauxb.), fauxbourg Montmartre.	Depuis la Porte de ce nom juſqu'aux Porcherons.
Montmorenci (rue), quartier S. Martin.	Rue Saint Martin & rue Transnonain.
Montorgueil (rue), quartier ſaint Euſtache.	Rue Comteſſe d'Artois & du petit Carreau.
Montpenſier (rue), quartier du Palais Royal.	Rue de Chartres & de Valois.
Montreuil (rue de), fauxbourg ſaint Antoine.	Rue du Foin S. Antoine, près l'Abb. Barr. de Montreuil.
Moreau (rue) ou des Filles Angloiſes, F. S. Antoine.	Rue de la Rapée & rue de Charenton.
Morfondus (quai des) ou de l'Horloge, Q. de la Cité.	Pont au Change, Pont neuf.
Mortagne (cul-de-ſac), F. ſaint Antoine.	Rue de Charonne.
Mortellerie (rue de la), Q. de la Greve.	Depuis la Place de Grève juſqu'à la rue des Barres.
Mouffetard (rue), fauxbourg ſaint Marcel.	Rue Bordet, rue S. Marcel.

RUES ET QUARTIERS.	TENANS ET ABOUTISSANS.
Moulins (rue des), quartier du Palais Royal.	Rue l'Evêque & rue Thérefe.
Mouffot (rue de), F. du R.	Rue du Fauxb. du Roule.
Mouffy (rue de), quartier fainte Avoye.	Rue de la Verrerie, rue Sainte Croix de la Bretonnerie.
Mouton (rue du), quartier de la Grève.	Place de Grève, rue de la Tifferanderie.
Muette (rue de la), fauxbourg faint Antoine.	Rue de Charonne & Murs de la Roquette.
Mulets (rue des), quartier du Palais Royal.	Rue d'Argenteuil, rue des Moineaux.
Murs (rue des) de la Roquette, F. S. Antoine.	Rue de la Roquette & rue des Amandiers.
Mufc (rue du petit), quart. faint Paul.	Rue Saint Antoine, quai des Céleftins.
Nazareth (rue de), quartier de la Cité.	Quai des Orfevres, Cour du Palais.
Neuf (Pont), quartier de la Cité.	Rue Dauphine & Carrefour des trois Maries.
Neuf (quai) ou quai Pelletier, quartier de la Grève.	Pont Notre-Dame & Place de Grève.
Nevers (rue de), fauxbourg Saint Germain.	Quai de Conti, rue d'Anjou.
Nicaife (rue Saint), quartier du Palais Royal.	Galleries du Louvre, rue S. Honoré.
Nicolas (rue Saint), fauxbourg Saint Antoine.	Rue du Fauxb. S. Antoine & rue de Charenton.
Nicolas des Champs (Cloître Saint), Q. Saint Martin.	Rue S. Martin.
Nicolas du Chardonnet (rue Saint), place Maubert.	Rue des Bernardins, rue Traverfine.
Nicolas du Louvre (Cloître Saint), quart. du Louvre.	Rue Saint Thomas du Louvre & rue Fromenteau.
Nicolas (Barriere du Port S.),	
Nicolas (rue faint), quartier de la Chauffée d'Antin.	
Noir (rue du), fauxbourg S. Marcel.	Rue Gracieufe & rue neuve d'Orléans.
Nonaindieres (rue des), Q. S. Paul.	Pont Marie, rue de Fourci.
Normandie (rue de), quart. du Marais.	Rue Charlot & rue S. Louis.
Notre-Dame de Bonne-nouvelle (rue), Q. S. Denis.	Rue de Beauregard, rue S. Denis.

RUES ET QUARTIERS.	TENANS ET ABOUTISSANS.
Notre-Dame des Champs (rue), quartier du Luxembourg.	Rue de Vaugirard, derriere les Chartreux.
Notre-Dame de Loiette (rue) ou Coquemare, fauxbourg Montmartre.	Rue des Porcherons & la Voierie.
Notre-Dame de Nazareth (rue), Q. S. Martin.	Rue neuve Saint Martin & rue du Temple.
Notre-Dame de Recouvrance (rue), quartier S. Denis.	Rue Beauregard, Barriere de la Ville-neuve.
Notre-Dame des Victoires (rue), Q. Montmartre.	Rue des petits Peres, haut de la rue Montmartre.
Notre-Dame (Cloître), Q. de la Cité.	Le Parvis & rue d'Enfer, du Chapitre.
Notre-Dame (rue neuve), quartier de la Cité.	Parvis Notre-Dame, Marché-*Neuf*.
Notre-Dame (vieille place), fauxbourg S. Marcel.	Rue neuve d'Orléans, rue du Censier.
Notre-Dame (Pont), quartier de la Cité.	Rue de la Lanterne & rue Planchemibray.
Novion (cul-de-sac de), Q. Sainte Avoye.	Rue des Blancs-Manteaux.
Noyers (rue des), quartier Saint Benoît.	Place Maubert & rue Saint Jacques.
Oblin (rue), quartier Saint Eustache.	Portail Saint Eustache & rue de Viarmes.
Observance (rue de l'), quart. Saint André.	Rue des Cordeliers, rue des Fossés M. le Prince.
Observatoire (rue de l'), F. Saint Michel.	Rue Maillet, derriere l'Observatoire.
Ogniard (rue), Q. S. Jacques de la Boucherie.	Rue Saint Martin & rue des cinq Diamants.
Oiseaux (rue des), quartier du Marais.	Rue d'Anjou, & rue d'Orléans.
Olivet (rue d'), fauxb. Saint Germain.	Rue des Brodeurs & rue de Traverse.
Opportune (Cloître Sainte), quartier Sainte Opportune.	Rues des Foureurs, des Lavandieres, de la Harangerie, & de la Tableterie.
Orangerie (rue de l') ou des Tuileries, Q. S. Honoré.	Rue Saint Honoré & Jardin des Tuileries.
Oratoire (rue de l') ou rue du Louvre, Q. du Louvre.	Le Louvre & rue Saint Honoré.
Orfévres (rue des), quartier Sainte Opportune.	Rue S. Germain l'Auxerrois, rue Jean Lantier.

Rues et Quartiers.	Tenans et aboutissans.
Orfevres (quai des), quartier de la Cité.	Pont neuf & rue S. Louis.
Orléans (rue d'), quartier S. Eustache.	Rue S. Honoré & des deux Ecus.
Orléans (rue d'), quartier du Marais.	Rue de Berri, rue des quatre Fils.
Orléans (quai d'), Isle Notre-Dame.	Pont Rouge & Pont de la Tournelle.
Orléans (rue neuve d'), Q. Saint Martin.	Porte S. Denis & Porte S. Martin.
Orléans (rue neuve d') ou des Boulles, F. S. Victor.	Rue Mouffetard, rue Saint Victor.
Ormes (quai des), ou Beaufils, Q. S. Paul.	Place aux Veaux, quai S. Paul.
Orsay (quai d'), fauxbourg S. Germain.	Pont Royal & Quai de la Grenouilliere.
Orties (rue des), quartier du Palais Royal.	Rue Sainte Anne & rue d'Argenteuil.
Orties (rue des), quartier du Louvre.	Rue Fromanteau, Galleries du Louvre.
Oseille (rue de l'), quartier du Marais.	Vieille rue du Temple, rue du Pont-aux-Choux.
Ours (rue aux) ou aux Oues, quartier Saint Denis.	Rues Saint Martin & Saint Denis.
Oursine (rue de l'), F. S. Marcel.	Haut de la rue Mouffetard, chemin de Gentilly.
Oursine (Barriere de l').	
Pagevin (rue), quartier S. Eustache.	Rues des Vieux Augustins, rue Verderet.
Palais (ancienne Cour du), quartier de la Cité.	Rue de Nazareth, rue Sainte Anne, & rue Saint Eloi.
Palais (cour neuve du), Q. de la Cité.	Rue du Harlai, Cour de Lamoignon.
Palais Abbatial (Cour du), de l'Abbaye S. Germain des Près, F. S. Germain.	Rue du Colombier & rue de Bussy.
Palais Royal (Place du), Q. du Palais Royal.	Vis-à-vis le Palais Royal.
Palais Royal (cul-de-sac du), Q. du Palais Royal.	Rue de Richelieu.
Palatine (rue) ou du Cimet. Q. du Luxembourg.	Rue Férou & rue Garancieres.
Paon (rue du), place Maubert.	Rue S. Victor, rue Traversine.

RUES ET QUARTIERS.	TENANS ET ABOUTISSANS.
Paon (rue du), quartier S. André.	Rue des Cordeliers & rue du Jardinet.
Paon (cul-de-sac du), quartier S. André.	Rue S. André des Arts.
Papillon (rue), F. S. Martin.	Rue d'Enfer & de Montholon.
Paradis (rue de), quartier Sainte Avoye.	Rue de la Merci, vielle rue rue du Temple.
Paradis (rue de), F. Saint Jacques.	Près S. Jacques du Haut-Pas.
Paradis (rue de), F. Saint Lazare.	Rue d'Enfer & du fauxbourg Saint Lazare.
Parcheminerie (rue de la), quartier Saint André.	Rue Saint Jacques & rue de la Harpe.
Parc-Royal (rue du), quart. Saint Antoine.	Place Royale, rue des Minimes.
Parc-Royal (rue du), quartier du Marais.	Rue Saint Louis & rue de Thorigny.
Pas-de-Mule (rue du), quartier Saint Antoine.	Place Royale, Boulevard S. Antoine.
Pastourelle (rue), quart. du Temple.	Rue du Temple & rue d'Anjou.
Patriarches (cul-de-sac des), F. S. Marcel.	Rue Mouffetard.
Paul (rue saint), quartier Saint Paul.	Rue Saint Antoine & Port Saint Paul.
Paul (cul-de-sac saint), Q. Saint Paul.	Rue Saint Antoine.
Paul (rue neuve Saint), Q. Saint Paul.	Rue Saint Paul, rue des trois Pistolets.
Paul (Quai saint), quartier Saint Paul.	Rue Saint Paul, Quai des Ormes.
Paul (Barriere du Port S.).	
Pavée (rue), quartier Saint André.	Quai des Augustins & rue S. André des Arts.
Pavée (rue), quartier Saint Denis.	Rue Montorgueil & rue du petit Lyon.
Pavée (rue), place Maubert.	Rues d'Amboise & des Grands degrés.
Pavée (rue), quartier Saint Antoine.	Rue des Francs-Bourgeois & rue du Roi de Sicile.
Parvis Notre-Dame (Place du), quartier de la Cité.	Vis-à-vis Notre-Dame.
Payenne (rue), quartier S. Antoine.	Rue du Parc Royal, rue des Francs-Bourgeois.

RUES ET QUARTIERS.	TENANS ET ABOUTISSANS.
Pélican (rue du), quartier S Euſtache.	Rue Croix des-petits-Champs, rue de Grenelle.
Pelleterie (rue de la), Q. de la Cité.	Rue de la Lanterne, rue S. Barthélemi.
Pelletier (Quai) ou Quai neuf, quartier de la Grève.	Pont Notre-Dame & Place de Grève.
Peniche (rue) ou rue Saint Pierre, Q. Montmartre.	Rue Montmartre & rue Notre-Dame des Victoires.
Pepin (rue de l'Abreuvoir), quartier ſainte Oportune.	Quai de la Féraille, rue S. Germain-l'Auxerrois.
Pépiniere (rue de la), fauxbourg du Roule.	Rue de Villiers & les Porcherons.
Péquai (cul-de-ſac) ou de Novion, Q. S. Avoye.	Rue des Blancs-Manteaux.
Percée (rue), quartier Saint André.	Rue de la Harpe, rue Hautefeuille.
Percée (rue), quartier Saint Antoine.	Rue Saint Antoine, rue des Prêtres S. Paul.
Perche (rue du), quartier du Marais.	Vieille rue du Temple & rue d'Orléans.
Perdue (rue), place Maubert.	Place Maubert & rue Pavée.
Peres (rue des Saints), F. S. Germain.	Quai des Théatins, rue de Grenelle.
Peres (rue des petits), Q. Montmartre.	Rue du Mail, près les petits Peres.
Perin-Gaſſelin (rue), quartier Sainte Opportune.	Rue Saint Denis; Place du Chevalier du Guet.
Perigueux (rue de), quartier du Marais.	Rue Boucherat & rue de Bretagne.
Perle (rue de la), quartier du Marais.	Vieille rue du Temple & de Thorigny.
Peronnelle (cul-de-ſac) ou de la Corderie, Q. du Palais Royal.	Rue neuve Saint Roch.
Perpignan (rue de), quartier de la Cité.	Rue des Canettes, rue des Marmouzets.
Pet-au-Diable (rue du), Q. de la Grève.	Rue de la Tiſſeranderie & Cloître Saint Jean.
Phelipeaux (rue), quart. S. Martin.	Rue du Temple, rue Frépillon.
Picpus (rue de), F. S. Ant.	Le Thrône, Couv. de Picpus.
Picpus (Barriere de).	
Pied-de-Bœuf (rue), Q. S. Jacques de la Boucherie.	Boucheries de l'Apport-Paris.

Pierre

RUES ET QUARTIERS.	TENANS ET ABOUTISSANS.
Pierre (rue Saint), quartier Montmartre.	Rue Montmarrre, rue Notre-Dame des Victoires.
Pierre (rue Saint), quartier Saint Martin.	Rue neuve Saint Gilles & rue des douzes Portes.
Pierre Assise (rue) ou Quirassis, fauxbourg S. Marcel.	Rue Saint Marcel, rue des trois Couronnes.
Pierre aux Bœufs, quartier de la Cité.	Rue Saint Christophe, rue des Marmouzets.
Pierre-Gourtin (cul-de-sac), quartier Montmartre.	Rue Montmartre.
Pierre-au-lait (Carrefour de la), Qe S. Jacq. de la B.	Rue de la vieille Monnoie & de la Savonnerie.
Pierre-au-Lard (rue), quart. du Marais.	Rune neuve Saint Merry & rue du Poirier.
Pierre-aux Poissons (rue), Q. S. Jacq. de la Boucherie.	Attenant le graud Châtelet.
Pierre-Sarrasin (rue), quart. S. André.	Rue Hautefeuille & rue de la Harpe.
Pierre (cul-de-sac saint), quartier Montmartre.	Rue Saint Pierre.
Piliers (rue des Grands), Q. des Halles.	Rue Saint Honoré, Pointe Saint Eustache.
Piliers (rue des Petits), Q. des Halles.	Rue de la Truanderie & de la Fromagerie.
Piliers des Potiers d'étain (rue des), Q. des Halles.	Rue Tirouanne & rue de la Cossonnerie.
Pincourt (rue du bas), fauxbourg du Temple.	Rue de Menil-montant & de la Roquette.
Pirouette des Halles.	
Place aux Veaux (rue de la), Q. S. Jacq. de la Boucher.	Rues Planche-Mibray & Saint Jacques de la Boucherie.
Placide (rue Saint), Q. du Luxembourg.	Rue de Seve & des vieilles Tuileries.
Planche (rue de la), F. S. G.	Rue du Bac, rue de la Chaise.
Planche-Mibrai (rue de la), quartier de la Grève.	Pont Notre-Dame & rue des Arcis.
Planchette (rue de la), F. Saint Antoine.	Rue de Charenton & rue de la Vallée de Fécamp.
Planchette (rue de la), F. Saint Antoine.	Rue des Marais, rue de Charenton, près la Porte S. Ant.
Plat d'Etain (rue du), quartier sainte Oportune.	Rues des Déchargeurs & des Lavandieres.
Plâtre (rue du), quartier saint Benoît.	Rue saint Jacques, rue des Anglois.

RUES ET QUARTIERS.	TENANS ET ABOUTISSANS.
Plâtre (rue du), quartier ſainte Avoye.	Rue ſainte Avoye, rue de l'Homme armé.
Plâtriere (rue du), quartier ſaint Euſtache.	Rue Montmartre & rue Coquilliere.
Plumet (rue), fauxbourg ſaint Germain.	Derriere les Incurables & la campagne.
Plumets (rue des), quartier de la Greve.	Rue de la Mortellerie, port-au-bled.
Pointe ſaint Euſtache, quart. ſaint Euſtache.	Rue Montmartre, les Halles.
Poirées (rue des), ou rue Grenouillere.	
Poirier (rue du), quartier ſaint Martin.	Rue neuve ſaint Médéric, rue Maubuée.
Poiſſonniere (rue), quartier ſaint Denis.	Rue du petit Carreau, boulevard de la Ville-neuve.
Poitevins (rue), ou des Poitevins, quartier S. André.	Rue Hautefeuille, rue du Battoir.
Poitiers (rue des), fauxbourg ſaint Germain.	Rue de l'Univerſité & port de la Grenouillere.
Poitou (rue de), quartier du Temple.	Vieille rue du Temple & d'Anjou.
Poliveau (rue), ou des Sauvages, fauxbourg S. Victor.	Croix-Clamart & le bord de l'eau.
Pologne (rue de la), ou de l'Arcade, Q. de la Ville-l'Evêque.	La Pologne, rue de la Ville-l'Evêque.
Ponceau (rue de l'Egoût du), quartier ſaint Denis.	Rues ſaint Denis & ſaint Martin.
Pont-aux-choux (rue du), quartier ſaint Martin.	Rue ſaint Louis & les boulevards.
Pont (rue du petit), quartier ſaint Benoît.	Petit-Châtelet, rue ſaint Jacques.
Pont (petit), quartier de la Cité.	Rue du petit Pont & du Marché Palu.
Pont-aux-Biches (rue du), quartier ſaint Martin.	Rue de la Croix & rue neuve ſaint Martin.
Pont-Alets (carrefour du), quartier des Halles.	Pointe ſaint Euſtache.
Pont ſaint Michel (place du), quartier ſaint André.	Pont ſaint Michel, rue de la vieille Bouclerie & rue ſaint André-des-Arcs.
Ponts (rue des deux), Iſle Notre-Dame.	Pont Marie pont de la Tournelle.

Rues et Quartiers.	Tenans et aboutissans.
Popincourt (rue de), fauxbourg du Temple.	Rue du Meni-montant & rue de la Roquette.
Porcherons (rue des), fauxbourg Montmartre.	Depuis la Pologne jusques près Notre-Dame de Lorette.
Port aux Œufs (rue du), quartier de la Cité.	Rue de la Pelleterie, le bord de l'eau.
Port à maître Pierre (rue du), quartier saint Benoît.	Le bord de l'eau & rue de la Bucherie.
Port-l'Evêque (rue du), Q. de la Cité.	Parvis Notre-Dame & pont de l'Hôtel-Dieu.
Porte-dorée (rue de la), Q. saint Paul.	Rue de la Mortellerie, place aux Veaux.
Porte-foin (rue), quartier du Temple.	Rues fauxbourg du Temple & des Enfans rouges.
Porte aux Peintres (cul-de-sac de la), quart. S. Den.	Rue saint Denis.
Portes (rue des deux), Q. de la Greve.	Rues de la Verrerie & de la Tixeranderie.
Portes (rue des deux), quartier saint André.	Rue de la Harpe, rue Hautefeuille.
Portes (rue des deux), Q. saint Denis.	Rue du petit Lion, rue Thevenot.
Portes (rue des deux), quartier saint Denis.	Rue saint Martin & rue saint Denis.
Portes (rue des douze), F. S. Antoine.	Rues saint Louis & saint Pierre.
Postes (rue des), quartier saint Benoît.	L'Estrapade, rue de l'Arbalêtre.
Pot-de-fer (rue du), quartier du Luxembourg.	Rue de Vaugirard, rue du vieux Colombier.
Pot-de-fer (rue du), fauxbourg saint Marcel.	Rue Mouffetard & rue neuve sainte Genevieve.
Poterie (rue de la), quartier des Halles.	Rues de la Lingerie & de la Tonnellerie.
Poterie (rue de la), quatrier de la Greve.	Rue de la Verrerie & de la Tixeranderie.
Poterie (rue de la), fauxbourg saint Marcel.	Rue des Postes, rue des Vignes.
Potier (rue du), quartier S. Germain.	
Poules (rue des), fauxbourg saint Marcel.	Rue du Puits qui-parle, rue des Fossés saint Marcel.
Poulies (rue des), quartier du Louvre.	Rue saint Honoré & rue des Fossés S. Germ.-l'Aux.

Rues et Quartiers.	Tenans et aboutissans.
Poultier (rue), ou Poulletiere, Isle Notre-Dame.	Rue d'Alençon & rue Dauphine.
Poupée (rue), quartier saint André.	Rue de la Harpe, rue Hautefeuille.
Pourtour (rue du), quartier de la Greve.	Place Baudoyer, Orme saint Gervais.
Prêcheurs (rue des), quartier des Halles.	Rue saint Denis, les Halles.
Prêcheurs (cul-de-sac des), ou de la Brasserie, quartier du Palais Royal.	Rue Traversiere.
Prêtres S. Etienne (rue des), quartier saint Benoît.	Rue Bordet & place saint Etienne-du-mont.
Prêtres (rue des), saint Germain l'Auxerrois, Q. du Louvre.	Cloître saint Germain, Quai de l'Ecole.
Prêtres (rue des), saint Paul, quartier saint Paul.	Rue saint Paul & rue de Joui.
Prêtres (rue des), saint Severin, Q. saint André.	Rue saint Severin & rue de la Parcheminerie.
Prince (rue des Fossés M. le), quartier du Luxembourg.	Rue de la Comédie Françoise, rue des Francs-Bourgeois.
Princesse (rue) quartier du Luxembourg.	Rue du Four & rue Guisarde.
Procession (rue de la), fauxbourg saint Antoine.	Rue de Picpus, Chemin de Conflans.
Projettée (rue), quartier de la Comédie Italienne.	Rue de Choiseuil & de la Michodiere.
Provenciaux (rue des) ou des Provenciaux, ou d'Anjou (cul-de-sac), quartier du Louvre.	Rue de l'Arbre-sec.
Prouvaires (rue des) quartier saint Eustache.	Rue saint Eustache & rue saint Honoré.
Puits (rue du), d'Amour. (*Voyez r. petite Truanderie*).	
Puits (rue du), Certain. (*Voyez rue S. Hilaire*).	
Puits (rue du), de la Ville fauxbourg saint Jacques.	Rue de l'Arbalêtre & des Feuillantines.
Puits (rue du), qui parle fauxbourg saint Marcel.	Rue des Postes, & rue neuve sainte Genevieve.
Puits (rue du), de Rome quartier saint Martin.	Rue Aumaire, rue du Puits de Rome.

RUES ET QUARTIERS.	TENANS ET ABOUTISSANS.
Puits (rue du) , l'Hermite fauxbourg ſaint Victor.	Rue du Battoir, & rue Françoiſe.
Puits-l' Hermite (Carrefour du) faubourg ſaint Victor.	Rue du Battoir, rue Fontaine & Françoiſe.
Puits (rue du), quartier ſainte Avoye.	Rue ſainte Croix de la Bretonnerie , rue des Blancs-Manteaux.
Putigneux ou *Putigno* (cul-de-ſac), quart. ſaint Paul.	Rue ſaint Paul & rue Geoffroi l'Aſnier.
Quat e-Fils (rue des), quartier du Marais.	Rue du Chaume, vieille rue du Temple.
Quatre-Nations (Quai des), fauxbourg ſaint Germain.	Quai de Conti & Quai des quatre Nations.
Quatre-Vents (rue des) quartier du Luxembourg.	Rue de Condé, Porte de la Foire ſaint Germain.
Quatre-Vents (cul-de-ſac des), quartier du Luxembourg.	Rue des Quatre-Vents.
Quenouilles (rue des), quartier ſainte Oportune.	Quai de la Féraille & rue ſaint Germain l'Auxerrois.
Quincampoix (rue), quartier ſaint Jacques de la Bouch.	Rue Aubri-le-Boucher, rue aux Ours.
Quinze-Vingts (enclos des), quartier ſaint Honoré.	Rue ſaint Honoré & rue ſaint Nicaiſe.
Quinze-Vingts (rue des), Q. du Palais Royal.	Rue de Valois & rue de Rohan.
Quiraſſis (rue), ou rue Pierre-aſſiſe faubourg ſaint Marcel.	Rue ſaint Marcel & rue des trois Couronnes.
Rambouillet (rue de), fauxbourg ſaint Antoine.	Rue de la Rapée & rue du bas de Reuilly.
Rambouillet (Barriére de),	
Rampart (rue du) fauxbourg ſaint Antoine.	Porte ſaint Antoine, Boulevard ſaint Antoine.
Rapée (rue de la), fauxb. ſaint Honoré.	Rue de la Contreſcarpe & Barriére de la Rapée.
Rapée (Barriére de la),	
Raquette (rue de la), ou de Roquette fauxbourg ſaint Antoine.	Porte ſaint Antoine & Couvent de la Roquette.
Rats (rue des) , quartier S. Benoît.	Rue Gallande & rue de la Bucherie.
Rats (rue des), fauxbourg ſaint Antoine.	Murs de la Roquette, rue ſaint André.
Réale (rue de la), ou Jean-Gilles, Q. des Halles.	Rue de la Truanderie, rue des petits Piliers.

RUES ET QUARTIERS.	TENANS ET ABOUTISSANS.
Recollets (rue des), fauxbourg faint Laurent.	Rue du fauxbourg faint Laurent, rue de l'Hôpital faint Louis.
Regard (rue du), quartier du Luxemborg.	Rue du Cherche-midi & rue de Vaugirard.
Renaud-le-Fevre (rue), quartier de la Greve.	Place cimetiere faint Jean & place Baudoyer.
Regratiere (rue), Isle Notre-Dame.	Quai de Bourbon, rue faint Louis.
Reine-blanche (rue de la), F. faint Marcel.	Rue faint Marcel & rue des Hauts-Fossés de S. Marcel.
Reims (rue de), quartier S. Benoît.	Rue des fept Voies, rue des Chiens.
Rempart (rue du) ou Champion, Q. du Palais Royal.	Rue faint Honoré & rue de Richelieu.
Remparts (rue des), quartier faint Martin.	Porte faint Martin, porte du Temple.
Renard (rue du), ou rue du Chat qui pêche, quartier faint André.	Rue de la Huchette & la riviere.
Renard (rue du), quartier S. Martin.	Rue Neuve faint Médéric, rue de la Verrerie.
Reposoir (rue du), quartier faint Eustache.	Place des Victoires & rue des vieux Augustins.
Reuilli (grande rue de), fauxbourg faint Antoine.	Rue du fauxbourg faint Antoine, rue de Charenton.
Reuilli (petite rue de), fauxbourg faint Antoine.	Rue de Rueilli & barriere de Charenton.
Reuilli (rue du bas), fauxbourg faint Antoine.	Rues de Reuilli & de Charenton.
Riboté (rue), Fauxb. S. Mart.	Rue d'Enfer & de Montholon.
Richelieu (rue de), quartier du Palais Royal.	Rue faint Honoré, rue Grange-bateliere.
Richelieu (rue neuve de), quartier faint André.	Rue de la Harpe & place de Sorbonne.
Roch (rue faint), fauxbourg Montmartre.	Rue Poissonniere, rue du gros-Chenet.
Roch (rue neuve faint), quartier du Palais Royal.	Rue faint Honoré & rue neuve des petits Champs.
Roch (cul-de-fac faint), Q. du Palais Royal.	Rue d'Argenteuil.
Rohan (rue de), Q. du P. R.	Rues de Chartres & S. Hon.
Rollin-prend-gages (cul-de-fac), Q. fainte Oppotune.	Rue fainte Oportune, rue des Lavandieres.

RUES ET QUARTIERS.	TENANS ET ABOUTISSANS.
Romain (rue faint), quartier du Luxembourg.	Rue de Seve & rue des vieilles Thuileries.
Roquette (rue de la), fauxbourg faint Antoine.	Porte faint Antoine, Couvent de la Roquette.
Roquette (cul-de-fac de la), fauxbourg faint Antoine.	Rue de la Roquette.
Roquepine (rue de), quartier Saint Honoré.	Rue Verte & grande rue du Fauxbourg. Saint-Honoré.
Rofiers (rue des), quartier faint Antoine.	Vieille rue du Temple & rue des Juifs.
Rofiers (rue des), fauxbourg faint Germain.	Rue faint Dominique, rue de Grenelle.
Rouen (cul-de-fac de la cour de), quartier faint André.	Rue de l'Eperon.
Rouge (pont), ou pont de bois, quartier de la Cité.	Rue d'Enfer & Ifle S. Louis.
Roule (rue du), Q. du L.	Rues S. Hon. rue de la Mon.
Roule (rue du), fauxbourg du Roule.	Rue du fauxbourg faint Honoré & chemin de Neuilly.
Roule (barriere du).	
Rouffelet (rue), ou des Vaches, quartier faint Germain.	Rue de Seve, rue Blomet.
Roi de Sicile (rue du), quart. faint Antoine.	Vieille rue du Temple & rue des Ballets.
Roi doré (rue du), quartier du Marais.	Rues faint Gervais & faint Louis.
Roi-François (cour du), Q. faint Denis.	Rue faint Denis, près les Filles-Dieu.
Royal (pont), fauxbourg faint Germain.	Les Thuileries & rue du Bac.
Royale (rue), quartier Montmartre.	Rue Thérefe, rue neuve des petits Champs.
Royale (rue), quartier faint Antoine.	Rue S. Antoine, place Royale.
Royale (place), ou de Louis XIII, Q. S. Antoine.	Rues de l'Echarpe, du Pas de la mule & Royale.
Sabot (rue du), fauxbourg faint Germain.	Rue du Four, & rue du Sepulchre.
Sablons (cul-de-fac des), Q. de la Cité.	Rue neuve Notre-Dame.
Saintonge (rue de), quartier du Marais.	Rue de Bretagne, boulevard.
Salembriere (cul-de-fac de la), Q. faint André.	Rue faint Severin.

Rues et Quartiers.	Tenans et aboutiſſans.
Salle au-Comte (rue), quartier ſaint Jacques de la Bouch.	Rue aux Ours, derriere l'Egliſe ſaint Leu.
Sanſonnets (rue des), fauxbourg ſaint Jacques.	Rue ſaint Jacques, & Champs des Capucins.
Santé (rue de la), fauxbourg ſaint Jacques.	Champs des Capucins & barriere de la Santé.
Sartine (rue de), quartier ſaint Euſtache.	Rue Coquilliere, rue de Viarmes.
Saunerie (rue de la), ou Sonnerie, quartier ſainte Oportune.	Quai de la Feraille & rue ſaint Germain-l'Auxerrois.
Sauſſayes (rue des), fauxbourg ſaint Honoré.	Rue du fauxbourg ſaint Honoré, rue de Surêne.
Sauſſayes (rue des), place Maubert.	
Sauveur (rue ſaint), quartier ſaint Denis.	Rue du petit Carreau & rue ſaint Denis
Sauveur (rue neuve ſaint), quartier ſaint Denis.	Rue du petit Carreau & Cour des miracles.
Savaterie (rue de la), quartier de la Cité.	Rue de la Draperie & rue de la Calandre.
Savonnerie (rue de la), Q. S. Jacques de la Boucherie.	Rue ſaint Jacques de la Boucherie & de la vieille Monnoie.
Savoye (rue de), quartier ſaint André.	Rue des Auguſtins, rue Pavée.
Scipion (rue de), fauxbourg ſaint Marcel.	Rue du Fer-à-moulin, rue des Francs-Bourgeois.
Sebaſtien (rue ſaint), fauxbourg du Temple.	Chemin de la Contreſcarpe & rue de Popincourt.
Seine (rue de), fauxbourg ſaint Victor.	Porte ſaint Victor, le bord de l'eau.
Seine (rue de), fauxbourg ſaint Germain.	Quai des quatre Nations & rue de Buſſy.
Senſée (rue), quartier ſaint Paul.	Rue ſaint Antoine, rue des Nonaindieres.
Sept Voyes (rue des), quartier du l'Univerſité.	Rue ſaint Hilaire, nouvelle Egliſe de Ste. Genevieve.
Sepulchre (rue du), quartier ſaint Germain.	Carrefour de la Croix rouge, rue Taranne.
Serpente (rue), quartier S. André.	Rue de la Harpe & rue Haute-Feuille.
Seve (rue de), quartier du Luxembourg.	Depuis le Carefour de la Croix rouge, juſqu'à la Campag.

RUES ET QUARTIERS.	TENANS ET ABOUTISSANS.
Severin (rue ſaint) quartier ſaint André.	Rue ſaint Jacques & rue de la Harpe.
Simon-le-Franc (rue), quartier ſaint Martin.	Rue ſainte Avoye, rue Maubué.
Singes (rue des), quartier ſainte Avoye.	Rue ſainte Croix de la Bretonnerie & des Blancs-Mant.
Soiſſons (place de l'hôtel), quartier ſaint Euſtache.	Rue Coquilliere, des Deux-Ecus & de Grenelle : c'eſt aujourd'hui la Nouvelle halle au Bled
Soli (rue), quartier ſaint Euſtache.	Rue des vieux Auguſtins, rue de la Juſſienne.
Sorbonne (rue de) fauxbourg ſaint Germain.	Rue de l'Univerſité & rue des Saints-Peres.
Sorbonne (rue de), quartier ſaint André.	Rue des Mathurins & place de Sorbonne.
Sorbonne (place de), quartier ſaint Benoît.	Vis-à-vis la Sorbonne.
Soubiſe (rue de), quartier ſainte Avoye.	Vieille rue du Temple, hôtel de Soubiſe.
Sourdiere (rue de la), quartier du Palais Royal.	Rue ſaint Honoré & cul-de-ſac de la Corderie.
Sourdis (cul-de-ſac de), Q. du Louvre.	Rue des Foſſés ſaint Germain l'Auxerrois.
Sulpice (place ſaint), quartier du Luxembourg.	Vis-à vis ſaint Sulpice.
Sureſne (rue de), quartier de la Ville-l'Evêque.	Rue de la Magdeleine, rue des Sauſſayes.
Symphorien (rue ſaint), Q. de l'Univerſité.	Rue ſaint Jacques & rue des Chiens.
Tabletterie (rue de la), Q. ſainte Oportune.	Cloître ſainte Oportune, rue ſaint Denis.
Tacherie (rue de la), quartier de la Greve.	Rue Jean Pain-mollet, rue de la Coutellerie.
Taille-pain (rue), quartier ſaint Martin.	Cloître ſaint Médéric & rue Briſemiche.
Tannerie (rue de la), quartier de la Greve.	Place de Greve, carrefour Guilleri.
Taranne (grande rue), fauxbourg ſaint Germain.	Rues des ſaints Peres & de l'Egoût,
Taranne (petite rue), fauxbourg ſaint Germain.	Rue de l'Egoût, rue du Sabot.
Tête (cul-de-ſac de la groſſe), quartier ſaint Denis.	Rue ſainte Foi.

RUES ET QUARTIERS.	TENANS ET ABOUTISSANS.
Teigneux (rue des), ou de la Chaiſe, fauxbourg ſaint Germain.	Rue de Grenelle & rue de Seve.
Teinturiers (rue des), ou Navet, Q. de la Greve.	Rue de la Vannerie, Quai Pelletier.
Temple (rue du), quartier du Temple.	Rue ſainte Avoye & porte du Temple.
Temple (place du), quartier du Temple.	Vis-à-vis le Temple.
Temple (enclos du), quartier du Temple.	Rue du Temple.
Temple (rue des Foſſés du), fauxbourg du Temple.	Rue du fauxbourg du Temple, Pont-aux-choux.
Temple (vieille rue du), Q. du Marais.	Rue ſaint Antoine & rue S. Louis.
Temple (rue du fauxbourg du), ou des Porcherons, quartier du Temple.	Depuis la porte du Temple, juſqu'à la Courtille.
Temple (barriere du).	
Temps perdu (rue du), quartier Montmartre.	Rue Montmartre & rue du gros Chenet.
Théatins (Quai des), ou Malaquet quart. ſaint Germain.	Pont Royal, Quai des quatre Nations.
Théâtre François (rue du), quartier du Luxembourg.	Rue de l'ancienne Comédie Françoiſe & de Moliere.
Thebout (rue), quartier de la Chauſſée d'Antin.	Rue de Provence & le Boulevard.
Thereſe (rue), quartier du Palais Royal.	Rue Ventadour & rue ſainte Anne.
Thevenot (rue), quartier S. Denis.	Rue du petit Larron & rue ſaint Denis.
Thibautaudé (rue), quartier ſainte Opportune.	Rue ſaint Germain l'Auxerrois, rue des Bourdonnois.
Thiroux (rue), quartier de la Chauſſée d'Antin.	Rue de l'Egoût & des Mathurins.
Thomas (rue S.), ou ſaint Louis du Louvre, quartier. du Palais Royal.	Place du Palais Royal & Galleries du Louvre.
Thomas du Louvre (Cloître ſaint), quartier du Louvre.	Rue ſaint Thomas du Louvre & Froidmanteau.
Thomas (rue ſaint), quartier du Luxembourg.	Rue d'Enfer, rue ſaint Jacques.
Thomas du Louvre (rue S.), quartier du Louvre.	Galleries du Louvre, rue S. Honoré.

RUES ET QUARTIERS.	TENANS ET ABOUTISSANS.
Thrône (rue du), fauxbourg saint Antoine.	Barriére du Thrône & rue de Montreuil.
Thuilleries (rue des), fauxbourg saint Honoré.	Rue saint Honoré, & Jardin des Thuilleries.
Thuilleries (Quai des), ou de la Conférence, quartier du Palais Royal.	Le long du Jardin des Thuilleries.
Thuilleries (rue des vieilles), quartier du Luxembourg.	Rue du cherche-midi, & chemin de Vaugirard.
Tiquetonne (rue), quartier sainte Eustache.	Rue Montmartre & rue Mauconseil.
Tireboudin (rue), quartier saint Denis.	Rue Montorgueil, rue des deux Portes.
Tirechape (rue), quartier sainte Opportune.	Rue saint Honoré & rue Betizi.
Tiron (rue), quartier saint Antoine.	Rue saint Antoine, rue du Roi de Sicile.
Tirouanne (rue), quartier des Halles.	Rue Mondétour & rue des Prêcheurs.
Tisseranderie (rue de la), quartier de la Grêve.	Place Baudoyer, rue de la Coutellerie.
Tonnellerie (rue de la), ou des grands Pilliers des Halles, quartier des Halles.	Rue saint Honoré, Pointe saint Eustache.
Torigny (rue des), quartier du Marais.	Rue saint Gervais, rue du Parc royal.
Toulouse (rue de), quartier Montmartre.	Rue des petits Champs & rue Croix des petits Champs.
Touraine (rue de), quartier du Marais.	Rue du Perche, rue de Poitou.
Tour des Dames (rue de la), quartier des Porcherons.	Rue Baudin & Tour des Dames.
Tournelles (rue des), quartier saint Antoine.	Place de la Bastille, rue neuve saint Gilles.
Tournelle (rue de la), Place Maubert.	Porte saint Bernard, Abreuvoir de la Place Maubert.
Tournelle (Pont de la), Isle Notre-Dame.	Rue des deux Ponts & Quai de la Tournelle.
Tournelle (Quai de la), Place Maubert.	Porte saint Bernard, rue des Bernardins.
Tournon (rue de), quartier du Luxembourg.	Le Luxembourg, rue du petit Lyon.
Traînée (rue), quartier S. Eustache.	Le long de l'Eglise saint Eustache.

RUES ET QUARTIERS.	TENANS ET ABOUTISSANS.
Transnonain (rue), quartier saint Martin.	Rue Aumaire, rue Beaubourg.
Traversiere (rue), quartier du Palais Royal.	Rue saint Honoré & rue de Richelieu.
Traversine (rue), Place Maubert.	Rue d'Arras, Montagne sainte Geneviéve.
Traversine (rue), fauxbourg saint Antoine.	Rue du fauxbourg saint Antoine & rue de Charenton.
Traverse (rue de), fauxbourg saint Germain.	Rue Blomet, rue de Séve.
Traverse (cul-de-sac de la r.), ou des Prêch. Q. du P. R.	Rue Traversiére.
Treille (rue de la), fauxbourg saint Germain.	Rue des Boucheries, Marché de l'Abbaye.
Triperie (rue de la), quartier Saint Jacques de la Bouch.	Rue de la Joyaillerie & Marché de l'Apport Paris.
Triplet (rue), fauxbourg S. Marcel.	Rue Gracieuse, rue de la Clef.
Trognon (rue), quartier S. Jacques de la Boucherie.	Rue de la Haumerie & rue d'Avignon.
Trois bornes (rue des), quartier de la Courtille.	Chemin saint Denis, rue de la Folie-Mericourt.
Trois Borgnes (rue des), Q, du Pont-aux-Choux.	Rues d'Angoulême & saint Maur.
Trois Chandeliers (rue des), quartier saint André.	Rue de la Huchette & le bord de l'eau.
Trois Couronnes (rue des), faubourg saint Marcel.	Rue saint Hippolite, rue saint Marcel.
Trois Maries (Carrefour des), quartier du Louvre.	Pont-neuf & rue de la Monnoie.
Trois Mores (rue des), quart. saint Jacques de la Bouch.	Rue Troussevache, rue des Lombards.
Trois Pavillons (rue des), quartier saint Antoine.	Rue du Parc royal, rue des Francs-Bourgeois.
Trois Pistolets (rue des), quartier saint Paul.	Rues neuve saint Paul & du petit Musc.
Trois Portes (rue des). quartier saint Benoit.	Rue des Rats, rue d'Amboise.
Trois visages (rue des), quartier sainte Opportune.	Rue Bertin-Poirée & rue Thibautodé.
Trop-va-qui-dure (rue), quartier sainte Opportune.	Pont au Change, Quai de la Féraille.
Trousse-Vache (rue), quartier saint Jacques de la Bouch.	Rue saint Denis & rue des cinq Diamants.

RUES ET QUARTIERS.	TENANS ET ABOUTISSANS.
Trouvée (rue), fauxbourg ſaint Antoine.	Marché ſaint Antoine & rue de Charenton.
Truanderie (grande rue de la), quartier des Halles.	Rue Comteſſe d'Artois, rue ſaint Denis.
Truanderie (petite rue de la), quartier des Halles.	Rue de la grande Truanderie & les Halles.
Trudon (rue), quartier de la Chauſſée d'Antin.	Rue Baſſe des Remparts & des Mathurins.
Tuerie (rue de la), quartier ſaint Jacques de la Boucher.	Rue ſaint Jerôme, près le grand Châtelet.
Turenne (rue de), quartier ſaint André.	Rue des Cordeliers & rue des Foſſés M. le Prince.
Vaches (rue des) fauxbourg ſaint Germain.	Rue de Séve, rue Blomet.
Vallée de Fécamp (rue de la), fauxbourg ſaint Antoine.	Rue de la Planchette, Chemin de Charenton.
Vallée de miſere (Quai de la), c'eſt le même que celui de la Féraille.	Deſcente du Pont-neuf & Grand Châtelet.
Valois (rue de), quartier du Palais Royal.	Rue Montpenſier & ſaint Honoré.
Valois (rue de), F. du R.	Rue de Chartres.
Vannerie (rue de la), quartier de la Grêve.	Carrefour Guillerie, Place de Grêve.
Vannes (rue de), quartier ſaint Euſtache.	Rue du Four, & rue de Viarmes.
Varenne (rue de), quartier ſaint Euſtache.	Rue des deux Ecus, rue de Viarmes.
Varenne (rue), fauxbourg ſaint Germain.	Rue de la Planche, Barriére des Invalides.
Vaugirard (rue de), quartier du Luxembourg.	Rue des Foſſés M. le Prince, & chemin de Vaugirard.
Vaux (Place aux), quartier ſaint Paul.	Port au Foin & Quai des Ormes.
Vendôme (rue de), quartier du Temple.	Rue du Temple, rue Charlot.
Vendôme (Place de) ou de L. le G. quart. du Palais Roy.	Rue des Capucines ſaint Honoré.
Veniſe (cul-de-ſac de), quartier de la Cité.	Rue ſaint Chriſtophe.
Veniſe (r. de) ou de Dix-huit), cette rue ne ſubſiſte plus depuis la reconſtruction de Enfans trouvés q. de la Cité.	Rue ſain Chriſtophe, rue neuve Notre-Dame.

RUES ET QUARTIERS.	TENANS ET ABOUTISSANS.
Ventadour (rue de), quartier du Palais Royal.	Rue neuve des petits Champs, rue Thérefe.
Verd-bois (rue de), quartier faint Martin.	Rue du Temple & rue neuve faint Laurent.
Verdelet (rue), quartier des Halles.	Rue Mauconfeil, rue de la Truanderie.
Verderet (rue), quartier faint Euftache.	Rue Pagevin & rue Plâtriere.
Verneuil (rue de), Fauxbourg faint Germain.	Rue des faints Peres & rue des Poitiers.
Verrerie (rue de la), quartier fainte Avoye.	Rue faint Martin, Cimetiere faint Jean.
Verfailles (rue de), Place Maubert.	Rue Traverfine, rue faint Victor.
Verte (rue), Fauxb. S. H.	Rue du Fauxb. S. Honoré.
Vertus (rue des), quartier S. Martin.	Rue des Gravilliers & rue Phelippeaux.
Viarmes (rue de), quartier S. Euftache.	Halle au bled, ancien Hôtel de Soiflons.
Victoires (Place des), quartier Montmartre,	Rue des Foffés Montmartre, Croix des petits Champs, & de la Feuillade.
Victor (rue faint), Place Maubert.	Hôpital de la *Pitié*, Place Maubert.
Victor (rue des Foffés S.), Fauxbourg faint Marcel.	Rue faint Victor, rue neuve faint Etienne.
Victor (rue du fauxbourg S.) ou du jardin du Roi. Fauxbourg faint Victor.	Depuis la Pitié jufqu'à la Croix Clamart.
Victor (Barrière de faint.)	
Vignes (rue des), Fauxbourg faint Marcel.	Rue des Poftes, rue du Puits de la Ville.
Villedot (rue), quartier du Palais royal.	Rue de Richelieu & rue fainte Anne.
Ville-l'Evefque (rue de la), Fauxbourg faint Honoré.	Eglife de la Magdeleine & rue Sauffaye.
Ville-l'Evefque (Barrière de la)	
Villeneuve (rue baffe de), Q. faint Denis.	Rue bonne nouvelle & Porte Saint Denis.
Vinaigriers (rue des), Fauxbourg Montmartre.	Rue du Fauxbourg faint Laurent & rue du Carême prenant.
Vincent (rue faint) ou du Dauphin, quartier faint Honoré.	Rue faint Honoré vis-à-vis S. Roch, près les Thuilleries.

RUES ET QUARTIERS.	TENANS ET ABOUTISSANS.
Vivienne(rue), quartier Montmartre.	Rue neuve des petits Champs & rue des Filles S. Thomas.
Voirie (rue de la) ou Cadet, Fauxbourg Montmartre.	Rue fauxbourg Montmartre, rue d'Enfer.
Volaille (quai de la) le même que celui des Auguſtins, quartier ſaint André.	Pont neuf & rue du Hurepoix.
Vrilliere (rue de la) ou Toulouſe, quartier Montmartre.	Rue neuve des petits Champs & rue Croix des petits Champs.
Vrillerie (rue de la petite), quartier Montmartre.	Place des Victoires, rue de la Vrilliere.
Vuide-Gouſſet (rue), quartier Montmartre	Place des Victoires, rue du Mail.
Univerſité.(rue de l'), Fauxbourg ſaint Germain.	Rue du Bac, rue de Bourgogne.
Urſins (rue haute des), Q. de la Cité.	Rue Glatigny & rue Saint Landri.
Urſins (rue moyenne des), Q. de la Cité.	Rue ſaint Landry & rue de Glatigny.
Urſins (rue baſſe de l'Hôtel des), quartier de la Cité	Près ſaint Landry.
Urſulines (cul de ſac des), Q. Fauxbourg ſaint Jacques.	Rue ſaint Jacques, près le Couvent.
Zacharie (rue), quartier S. André.	Rue de la Huchette & rue S. Severin.

www.ingramcontent.com/pod-product-compliance
Ingram Content Group UK Ltd.
Pitfield, Milton Keynes, MK11 3LW, UK
UKHW020153200726
13856UKWH00003B/970